ISBN 3-8334-3375-2   (2005)

Eigenverlag Egon Oetjen Peterstr. 7 - 26160 Bad Zwischenahn
www.egonoetjen.de
buchautor@egonoetjen.de
Herstellung und Verlag: Books on Demand (BoD) Gutenbergring 53
22848 Norderstedt

Egon Oetjen

...aber schön war's doch!

Lebensgeschichten

.....aber schön war´s doch!

Inhaltsverzeichnis / Seite

Vorwort.

Der Mensch lacht entschieden zu wenig. Das ist jedenfalls meine Meinung. Aus diesem ganz einfachen Grunde hatte ich mich schon vor Jahren entschieden, dieses Buch zu schreiben. Zum einen war ich der Meinung, dass es in unserem Leben immer und immer wieder Geschichten gibt, für die es sich wirklich lohnt sie aufzuschreiben und für die Nachwelt zu erhalten. Zweitens müssen diese Erlebnisse, die einen jeden von uns, oftmals allerdings unbemerkt, durch das Leben begleiten, als kleine Geschichten aufgearbeitet und zu Papier gebracht werden.

So habe auch ich in meinem Leben schon viele Geschichten erlebt und glaube, mit diesen hier aufgeführten Erlebnissen anderen Menschen eine Freude machen zu können. Denn ich sagte es schon zu Beginn und stehe allerdings auch felsenfest zu meiner Meinung, dass der Mensch entschieden zu wenig lacht. Allerdings sind in diesem Buch auch nachdenkliche und hintergründige Erzählungen und Passagen aufgeführt.

Einige von diesen lesenswerten Geschichten habe ich in diesem Buch zusammengefasst und hoffe, dass diese zum Schmunzeln, Lachen und Nachdenken anregen. Gleich, ob nun Mädchen oder Jungen, gleich, ob nun Jung oder Alt, die Auffassungsgabe und das Lesen selbst ist wichtig. Für mich steht es hier an erster Stelle, ein klein wenig von meinen Erlebnissen für die Nachwelt zu erhalten und meine Lebenserfahrungen an die Jugend weiterzugeben

Also, dann ran und viel Spaß beim Lesen. Viel Vergnügen wünsche ich euch auf jeden Fall.

Gedanken an die Vergangenheit.
Eine Geschichte zum Nachdenken und Überlegen!

Ohne Vergangenheit gibt es keine Zukunft. Dessen sollten wir uns in unserer Geschichte und in unserem Denken und Handeln bewusst sein.

Unsere Vergangenheit sollte und muss in uns lebendig bleiben wie das heutige Leben. Sie muss dazugehören und ein Teil unserer Tagesnormalität sein. Wir können ausschließlich, wirklich ausschließlich, nur auf unsere Vergangenheit bauen und aufbauen.

Ein jeder von uns muss aus diesem Grund seine eigene Vergangenheit bewältigen und seine Zukunft daraus gestalten. Was manchmal aber gar nicht so einfach ist, wie sich durchaus beweisen lässt. Die Menschheit lässt sich nämlich in Gruppen einteilen, und so kann man letztendlich leicht unterscheiden zwischen den einzelnen Gruppierungen der Vergangenheitsbewältigung.

Die erste Gruppe, so möchte ich sagen, sind die ewig Gestrigen. Sie besitzen keine Zukunft, haben diese einfach verdrängt und leben in ihrer eigenen Welt.

Die zweite Gruppe ist die der so genannten „Zukunftsidioten". Man entschuldige den Ausdruck, aber das ist eben die Gruppe, die absolut nur das Heute und den Blick auf den Kontoauszug kennt und niemals einen Gedanken an das „Zurück" verschwendet. In dieser Gruppe beheimaten sich auch die „Überdrehten", die bei strömenden Regen mit ihrem teuren und offenen Cabriolet über den Münchener „Stachus" oder Berliner Ku´damm fahren (oder sonst einer Kneipenmeile), nur um gesehen zu werden.

Es gibt aber noch eine Gruppe, in der auch ich mich heimisch fühle. Diese Gruppe ist weltoffen, gleichzeitig aber auf der anderen Seite immer für das Vergangene empfänglich. So kann ich mich persönlich für die Vergangenheit begeistern. Ich liebe das Alte, das Vergangene und Vergängliche, das schon fast Vergessene und mein Interesse steigert sich dann ins Unermessliche, wenn ich etwas entdecke, was wirklich schon fast meinem Gedächtnis und Sinn entglitten war und was ich schon als verloren glaubte. Manchmal nerve ich mit dieser Einstellung sogar meine Frau, wenn ich z.B. bei einem Spaziergang irgendetwas entdeckt habe und sie unbedingt weiterlaufen will.

Trotz allem nehme ich mir die Zeit, um diese Entdeckung zu betrachten und zu begutachten.

Auf der anderen Seite sehe ich mich aber auch als moderner Europäer, der die Annehmlichkeiten dieser modernen Welt allzu gerne vereinnahmt und in Anspruch nimmt. Auch ich arbeite liebend gerne am Computer, schreibe meine Bücher und Kolumnen damit, besitze eine Stereoanlage der neueren Klasse und ein Autoradio mit CD- Box und bin nach heutigen Maßstäben selbstverständlich im häuslichen Bereich modern ausgestattet.

Impression vom Zwischenahner Meer. Hier am Ufer hinter der Johannes - Kirche sitze ich oft und lasse die Seele baumeln. Wenn man dabei den tanzenden Wellen und dem Glucksen, wenn diese ans Ufer gespült werden, zuschaut und zuhört, vergisst man die ganze Hektik des Lebens. Hier an diesem Plätzchen kann man noch auftanken.

Die heutige Zeit ist ja wirklich schnellebig. Schnell, schneller, am schnellsten ist die Devise im Management unserer Zeit. Aber gerade darum ist es äußerst wichtig, das Vergangene zu erhalten, zu archivieren und sei es auch nur in unseren Gedanken. Doch es ist auch wichtig, dass es Menschen gibt, die diese Gedanken aufschreiben, ordnen und zu Papier bringen. Diese Gedanken dürfen nicht verloren gehen, denn sonst würden wir mit Riesenschritten in eine Gesellschaft der von mir beschriebenen zweiten Gruppe abgleiten.

In diesem Buch, welches sich, wie viele andere geschriebene Bücher auch, ausschließlich mit der Vergangenheit beschäftigt, versuche ich, einige Begebenheiten für die Nachwelt zu erhalten. So verarbeite ich in diesem Erzählband u.a. auch Bilder, die wirklich beachtenswert sind. In diesem Buch ist z.B. ein Foto abgebildet, welches von einem bis jetzt unbekannten Fotografen im Jahre 1908 auf dem Hof der Bauerei Lüers in Elmendorf gemacht wurde. Dieses Foto zeigt einen Dreschtag, so wie er eben zu dieser Zeit war. Hart!

Betrachtet man nun aber die Qualität dieser Aufnahme, so gerät man ins Staunen. Ich war überrascht von der enormen Tiefenschärfe, die dieses Bild aufzuweisen hat. Alle Achtung, ein Könner, der dieses vollbracht hat. Wohlgemerkt, aufgenommen wurde dieses Foto im Jahre 1908!

Deshalb, nicht alles Alte war schlecht, wie viele meinen und glauben. Andererseits war auch nicht alles Alte gut, dass will keiner behaupten. Jedoch findet man gerade in der heutigen Zeit immer wieder Dinge, an die man sich gerne zurückerinnert und die dann in aufgefrischter und moderner Form wieder auf den Markt gebracht werden oder die man eben neu „erfindet".

„Alles schon mal da gewesen", sagen dann die Alten und haben meistens Recht mit ihrer Aussage und bestätigen mich wieder in meiner Meinung, dass wir die Vergangenheit pflegen und für unsere Kinder erhalten müssen.

Als einen winzig kleinen Teil dieser Pflege betrachte ich dann auch die unzähligen Veranstaltungen in den vielen Dorfgemeinschaftshäusern, die Dorf- und Heimatfeste und, und, und. Aber, man darf auch hier keinen Fehler machen und unsere Kinder dabei vergessen, denn sonst kann es uns passieren, dass wir eines Tages mit unseren Geschichten allein im Raume stehen und die Vergangenheit, die mir und hoffentlich noch vielen anderen mehr so sehr am Herzen liegt, letztendlich doch der endgültigen Vergangenheit angehört.

Ich jedenfalls empfinde es als meine Pflicht, meinen Kindern die Grundlagen von Vergangenheit und Geschichte näher zu bringen und so deren Interesse für das Alte und Gewesene zu wecken.

Als einen noch kleineren und winzigen Teil der Erhaltungspflege unserer Vergangenheit betrachte ich auch dieses Buch, verbunden mit der Hoffnung, dass die hier zusammengefassten Geschichten die Zeit überleben. Dann wäre ich stolz und könnte sagen, dass ich einen kleinen Teil zur Erhaltung unserer Geschichte beigetragen habe, denn ohne Vergangenheit gibt es keine Zukunft!

Puh!

Als ich im Frühjahr 1948 geboren wurde, war ich nackt. Ganz nackt, von oben bis unten. Richtig geschämt hab ich mich. So doll, dass ich mich am liebsten verkrochen hätte. Das habe ich dann auch gemacht, also ich meine das mit dem Kriechen, denn laufen konnte ich auch noch nicht. Und, was soll ich euch sagen, selbst mit dem Reden war das nichts, denn ohne Zähne im Mund ist das gar nicht so einfach. Die Zähne habe ich übrigens erst viel später bekommen (die mussten damals wohl erst angefertigt werden?). Hat bei mir so´n bisschen länger gedauert, das Ganze.

Anfangs dachte ich auch, ich hätte keine Haare auf dem Kopf, aber bei genauerem Hinsehen konnte ich feststellen, dass sich diese doch auf meinem Haupte breit machten. Hätte nun ja auch durchaus sein können, dass sich meine Eltern zu dieser Zeit noch keine Haare für mich hätten leisten können, oder?

Das war nun ja auch so gerade eben nach dem Kriege. Man schrieb das Jahr 1948, ein sehr guter Jahrgang, denn meine Mutter lief mit einem dicken Bauch rum und war tüchtig am schnaufen. Das sah so gewaltig aus, als hätte sie einen Medizinball verschluckt. Mich musste sie nämlich immer mit sich herumschleppen, ob sie das nun wollte oder nicht. Mir gefiel es dort so gut in ihrem Bauch, dass ich partout nicht dieses schöne warme Nest verlassen wollte.

Irgendwann so Anfang Mai meinte sie oder ich oder wer sonst auch immer, dass ich mich doch mal nach draußen bewegen sollte, es war ja schließlich fast Sommer und schon ziemlich warm.

So habe ich mich dann auf diese Welt ziehen lassen. Mit den Händen einer Hebamme. Oh, war das ´ne Aufregung, sag ich euch. Meine Mutter lag dort auf dem Laken und war tüchtig am schnaufen. Der Schweiß stand ihr dabei wie kleine Perlen auf der Stirn. Und ich, ich wurde unvermittelt und auf der Stelle verprügelt. Ja wirklich! Erst einmal gab es gehörig welche auf den Po. Was meint ihr wohl, ob mir das wohl weh tat? Ganz schön gebrannt hat das, sag ich euch.

Um die Frauen dann aber zu ärgern, habe ich laut geweint. Geschrien habe ich, so dass meine Mutter meinte, ich hätte mir weh getan!

Irgendwann wurde ich ihr dann auf den Bauch gelegt, der nun auf einmal ganz flach war und nicht mehr wie noch vorhin diese Kugel aufwies. Mmmh?

Meine erste Mahlzeit. Kaum war ich damit fertig, fing ich mir schon wieder Schläge ein. Ich verstand die Welt nicht mehr. Was sollte das? Hatte ich was Falsches gemacht?

„Nun mach mal schön Bäuerchen", hörte ich meine Mutter sagen. Bäuerchen! Mmmh! Was soll das denn sein? Heute weiß ich das natürlich, aber damals?

Noch einen Schlag! Das grenzte nun aber wirklich an Kindesmisshandlung! Das war vielleicht eine Stellung, die ich nun einnehmen musste!? Mit dem Kopf nach unten, den Po in die Luft gestreckt, so hatte mich nun wieder die Hebamme zu fassen. An den Beinen hielt sie mich fest und schon kam der nächste Schlag. Mit der flachen Hand gab sie mir einen Klaps, so dass man die Finger auf meinem Po zählen konnte. Das war nicht schön! Aber die Frauen haben ihre gerechte Strafe bekommen, denn alles, was ich an schönem Trinken in mir hatte, gab ich den Beiden zurück.

Da hatten wir nun das Malheur. All das schöne Trinken lag dort auf der Bettdecke, aber ihr könnt es mir glauben oder nicht, meine Mutter war glücklich und die Hebamme lachte.

„Da hat der Junge aber schön Bäuerchen gemacht!" vernahm ich die Worte meiner Mutter. Ich lag dort immer noch in meiner misslichen Lage, aber das war den beiden Frauen ja wohl ganz egal, ich musste mich ja schließlich abquälen.

Bäuerchen? Bäuerchen! Diese Sache mit dem Bäuerchen habe ich bis heute nicht verstanden, denn wenn sich heutzutage ein Bäuerchen aus mir herausquält, was ja schließlich viel Arbeit auch für mich bedeutet, dann gibt es Gemeckere oder schiefe Blicke meiner Herzallerliebsten.

So wie vor Kurzem. Da waren wir im Spieker in Bad Zwischenahn. Ein feiner, schöner Smoortaal, Schwarzbrot, einen oder zwei kleine Korn und ein paar Glas Bier dabei. Das ist wirklich etwas Leckeres! Kann bestimmt keiner abstreiten.

Nun war mein Magen schon bis oben hin voll und ich merkte, wie es mir die Speiseröhre hochkam, dieses Bäuerchen. Nun, oben angekommen, war das ein ganzer Bauer. So ein paar Leute dort im Raume guckten ja schon, manche auch ganz schief und meine Frau war böse. Ihre Augen sprühten, und das ist immer das beste Merkmal, wenn Frauchen böse wird.

Seht ihr, dass ist nun der Unterschied zu früher. Früher musste ich und heute darf ich nicht. Komische Welt.

Hasso.

Wenn ich heutzutage einmal durch Petersfehn II, ein Ort in der Gemeinde Bad Zwischenahn und schon fast zur Stadt Oldenburg hin gelegen, fahre, achte ich immer auf ein ganz besonderes Haus. Früher während der Kriegszeit gehörte dieses Haus der Familie Helmers und heute wohnt dort der Pflanzenverkäufer Höpken, der mit den Riesen - Bonsais. Jedes Mal betrachte ich dieses Haus dann so fasziniert im Vorbeifahren, dass ich immer hochgucken muss zum mittleren Fenster, ob ich will oder nicht. Ganz automatisch wandert mein Blick dorthin.

Jedes Mal kommen mir dann die Gedanken an 1948, denn genau dort oben zwinkerte ich in diesem Jahr zum ersten Mal in meinem jungen Leben einer Frau zu und erblickte das Licht dieser wunderschönen Welt.

Petersfehn I und II und die Nachbarorte Kayhauserfeld, Friedrichsfehn und Kleefeld waren damals ja noch richtige Moorko-lonien, wo auch noch, es war nun ja erst kurz nach dem Kriege und nach der Währungsreform, richtig Torf gestochen und abgebaut wurde. Man benötigte ja schließlich Heizmaterial.

Früher wohnten hier einmal im unteren Teil die Besitzer Helmers und oben unsere Familie. Mein Geburtshaus an der Woldlinie in Petersfehn II. Von hier aus habe ich dann die große, weite Welt erkundet.

Irgendwann in dieser Zeit hatte ich das tolle Alter von einem Jahr erreicht. Gerade eben hatte ich das Laufen erlernt und ging, so wie meine kleinen Ammerländer Paddelfüße es zuließen, auf Erkundungstour. Ich musste nur aufpassen, dass meine „alte Dame" es nicht sah, die wollte es nämlich nicht so gern, dass so ein junger Mann, wie ich es war, schon in der Weltgeschichte herumläuft.

Mein Geburtshaus an der Woldlinie in Petersfehn II. Das mittlere Fenster ober war meine Geburtsstätte.

Andererseits war mir das aber vollkommen egal, was meine Mutter meinte oder ob ich nun die Hosen voll hatte oder nicht, ich lief einfach los hinein ins pralle Leben. Neugierig war ich ja nicht, nur eben wissen wollte ich gern alles.

Gegenüber von unserem Haus stand die kleine Bauerei Wieting und eben diese hatte es mir so richtig angetan. Bauereien sind nun mal wahnsinnig interessant. So gab es auf dieser Bauerei zwei Erlebnisse, die sich zeitlebens in mir eingegraben haben. Eines davon weiß ich allerdings nur aus dem Erzählen meiner Eltern.

Eines Tages, so erzählten sie, war ich wieder auf Wanderschaft gegangen. Wie an jedem Tag war ich zu dieser Bauerei hingelaufen und hatte meinen Freund besucht. Ihr müsst aber wissen, dass es ein ganz besonderer Freund war.

Er hieß Hasso und war ein großer Schäferhund. Ein schöner Hund, ein großer Hund, ein toller Hund. Nur, Hasso hatte die Beson-

13

derheit, dass er erstens richtig scharf war und zweitens keinen wieder vom Hof ließ, ohne diesem die Hose auszuziehen – außer mir!

Ich war dort also hingelaufen und hatte mit Hasso gespielt. Nun war das aber so in der damaligen Zeit, das da noch jedermann arbeiten musste. In der Gegend um Petersfehn hieß das rein ins Torfspitt, tief stechen und weit werfen und das von morgens bis abends und eben dort waren Hassos Herrschaften auch. Man brauchte doch Heizmaterial für den nächsten Winter.

Irgendwann hatte ich genug vom Spiel und war eingeschlafen. An Hassos Bauch war es wohl so kuschelig warm gewesen, dass ich es mir genau dort gemütlich machte. Ich lag an diesem warmen Kuschelbauch auch noch so, als meine Mutter kam, die mich schon gesucht hatte.

Trotz dieser „Idylle" mochte sie mich nicht rufen und aufwecken, weil sie ja nicht wusste, wie der Hund dann reagiert. Also gab es folglich zwei überaus wichtige Fakten. Fakt eins war, Mutter wollte mich holen, Fakt zwei, Hasso fing an zu lachen. Er zog dabei seine Nase ein wenig nach oben und es sah so aus, als lachte er. Nur, er knurrte auch noch dabei und seine beiden Eckzähne blinkten in der Sonne. Was sollte meine Mutter machen? Sie fing an zu zittern und geriet in Panik. So sind nun mal die Frauen.

Wie ein geölter Blitz mit: „ Oh, Gott, oh Gott, oh Gott!" sauste sie los in Richtung Moor, die Ohren angelegt und auf dem geraden Stück etwas schneller werdend. Völlig außer Atem kam sie endlich im Moor an und schrie und krakeelte wie eine junge Gans. Schließlich musste der Bauer mit nach Hause kommen, damit er mich „retten" konnte. Irgendwann viel, viel später kaufte mein Vater diesen Hund und es wurde einer meiner liebsten Spielkameraden.

Eine Sache, an die ich mich besonders gerne zurückerinnern kann, ist die, dass mich dieser Hund in meinen ersten Schuljahren in fast jedem Winter, vorausgesetzt, es lag genügend Schnee, zur Schule brachte. Wir besaßen ein Hundegeschirr, mit dem er vor den Schlitten gespannt wurde. So zog er mich morgens die drei Kilometer zur Schule, lief alleine zurück und saß mittags treu und brav wieder vor der Schule und wartete auf mich.

*****

Das blaue Ding.

Wenn man jung und winzig klein ist, ist alles andere riesengroß und man scheint so gar nicht recht in diese Welt zu passen. Dieser Auffassung war ich jedenfalls damals, denn mein schlimmstes und bei mir an erster Stelle rangierendes Erlebnis überhaupt bei unseren Nachbarn auf dem Wieting - Hof in Petersfehn war schließlich ausschlaggebend für die Tatsache, dass ich eine lange Zeit um all das, was nach einer Maschine aussah, einen riesengroßen Bogen machte.

Der Lanz Bulldog. Für mich war das ein Teufelsding, um das ich nach meinem Erlebnis einen weiten Bogen machte.   Bild: Gerd Carstens

Ich war nun wohl schon stolze drei Jahre alt und wie immer wissbegierig. Mit dieser holden Gabe kam ich eines Tages zum Bauern Wieting auf den Hof und sah, wie dieser mit einem großen Ding umhantierte. Schön blau war es und ein Rohr saß oben drauf. Und Räder hatte es, dieses Ding, zwei große und zwei kleine und – es war wohl hundert Mal größer als ich, mindestens. Ein riesiges großes blaues Ding war das.

Onkel Wieting bastelte und schraubte an dem Ding herum und es passierte – nichts! Oh, war das langweilig. In der Zwischenzeit hatte ich entdeckt, dass in dieses blaue Ding vorne eine Klappe eingebaut war.

„Aha", dachte ich, „das ist bestimmt ein Ofen, damit Onkel Wieting nicht immer so friert, wenn er an diesem Ding arbeitet!", denn irgendwann holte er eine Schippe voll glühender Kohlen, die er in diese Luke hineinschüttete. Nichts passierte.

Nein, nein, nein, welch ein langweiliger Kram!

Ah, jetzt tat sich aber doch etwas. Der Bauer kletterte ganz oben auf dieses Monstrum, zog ein Rad ab und setzte dieses an der Seite auf eine Scheibe.

So, so, nun wusste ich endlich Bescheid. Das blaue Ding war mit Sicherheit eine Musikmaschine, eine solche, wie sie auch mein Opa besaß, denn Onkel Wieting kurbelte und kurbelte, als wolle er Musik machen. Plötzlich aber klang es genau so, als hätte sich diese Maschine erkältet oder verschluckt. Sie krächzte! Und gluckste!

Auf einmal knallte es ganz fürchterlich – und ich hatte mir in die Hosen gemacht. Erst dachte ich, das Ding wäre explodiert, so laut war dieser Knall gewesen.

Ich saß vor Schreck immer noch auf der Erde, als das Ding zum Laufen kam. Es machte nun einen solchen Krach, dass ich laut schreiend mit hochrotem Kopf nach Hause lief und nach Mama, Papa, Onkel, Tante, Opa und Oma rief. Irgendwann viel, viel später hat mein Bruder mir dann erzählt, dass diese Musikmaschine ein Lanz Bulldog war.

Das „funkende" Haus.

Es passieren ja manchmal Sachen und Dinge im Leben, von denen man im Nachhinein sagen kann, es wäre Glück gewesen. So war das auch bei dieser Geschichte, denn das zweitgrößte Glück in meinem Leben war unser Umzug von Petersfehn nach Helle.

Irgendwann erzählte unser Vater, dass wir von Petersfehn wegziehen wollten. Er könnte ein anderes Haus bekommen mit einer größeren Wohnung, wo wir ein klein wenig mehr Platz für uns hätten.

Ich war immer noch ein kleiner Mann von nunmehr stolzen drei Jahren, als wir mein Geburtshaus an der Woldlinie in Petersfehn II mit einem großen Lastwagen, bepackt mit Möbel, Mann und Maus an Bord in Richtung Helle verließen.

Das Funkhaus in Helle. Hier verlebte ich meine schönsten Kinder- und Jugendjahre. Von hier aus unternahm ich dann zusammen mit meinem Hund Moppi Streifzüge durch die Wälder und durch die wunderschöne Natur.

Für mich war das ja eine richtige Weltreise und ich war ganz aufgeregt. Nach Helle, wo ist das überhaupt? War das auch so schön wie Petersfehn? Was machte ich denn bloß ohne meine Freunde, die nun ja in Petersfehn bleiben mussten? Unser Nachbar und mein Freund Walter Zuber, alle mussten sie dort bleiben, nur ausgerechnet ich musste mit meinen Eltern mit.

Unser neues Domizil sollte dieses Funkhaus werden. Man, oh man, das klang aber interessant. Ein Funkhaus. Dabei wusste ich gar nicht, was ein Funkhaus war. Aber trotzdem klang das richtig gut.

17

Das Funkhaus in Helle. Man nannte es so, weil es im Kriege eine Funk- und Versorgungsstation für den hiesigen Zwischenahner Flugplatz war und von den Engländern und Amis tüchtig mit Bomben und Granaten beworfen wurde, nur getroffen wurde es nicht. Das war auch gut so, denn sonst hätten wir ja keine Wohnung gehabt.

Als wir dann endlich am späten Abend dieses Haus fast erreicht hatten, machte ich noch die Erfahrung mit der doch recht harten Seitenscheibe des Lastkraftwagens, denn als der durch ein riesiges Schlagloch fuhr, machte auch ich auf dem Schoße meines Vaters eine riesige Schaukelbewegung und schlug mit meinem Obergewölbe diese Scheibe entzwei.

Kopf ist härter als Glas!

Mit ziemlich viel Kopfschmerzen und einer gehörigen Beule kamen wir schließlich beim Funkhaus an und ich stellte fest, dass dort Licht brannte. Logische Folgerung: dort mussten noch andere Menschen wohnen!

Fünfundzwanzig Stunden waren wir unterwegs gewesen. So lange war mir das jedenfalls vorgekommen und so kaputt war ich nun auch.

Am nächsten Morgen bin ich dann frühzeitig raus aus den Federn und habe mit meiner Neugier entdeckt, dass dort eine Familie mit zwei Kindern wohnte. Wittich hießen die Leute, das hatte ich schnell raus und das schönste eben waren die Kinder, Anneliese, die Ältere, fünf Jahre alt und Hans- Joachim, bis dato drei Jahre alt. Also hatte ich vom Alter her gleich zwei neue Freunde. Dazu brauchten wir nicht lange. Kinder sind unkompliziert.

Das Funkhaus steht heutzutage übrigens immer noch dort. Nun ist es allerdings im Gegensatz zu früher in Privatbesitz und schon ein wenig umgebaut. Als wir 1951 dorthin zogen, sah es dort noch anders aus. Wir wohnten auf der linken Seite des Hauses und diese linke Seite bestand eigentlich nur aus einem einzigen großen Raum, in der Mitte durchteilt mit einer Bretterwand, welche mit Kalkfarbe getüncht war. Eine Schiebetür war darin und somit hatten wir dann zwei Zimmer. Ein Schlafzimmer für 5 Personen, denn ich hatte ja auch noch zwei Brüder, Rudi und Werner.

Auf der anderen Seite dieser hölzernen Trennwand befand sich die Küche, welche gleichzeitig auch unser Wohnzimmer war. Darin spielte sich unser gesamtes tägliches Leben ab. Auf unserer Wohnseite

18

hatten die Männer vom Militär während der Kriegszeit die Kommandostelle installiert gehabt. Die Funker hatten dort gesessen und ihre Sprüche zu den einzelnen Stellen übersandt. In den Jahren danach haben wir Jungs jede Menge Kabel und Antennenkram dort gefunden, die von den Militärs rund um das Haus vergraben wurden. Mein Bruder Rudi hat einmal das, was wir so im Laufe der Zeit gefunden hatten, an einen Altmetallhändler verkauft. Schönstes feines Kupfer war das und hat 'ne ganze Menge Geld gebracht.

Auf der anderen Seite des Flures wohnten Wittich. Sie hatten drei Zimmer, davon eines im ersten Stock und das, obwohl sie nur mit vier Personen waren. Ungerechte Welt! Ich kann mich heutzutage an unsere Wohnung in Petersfehn gar nicht mehr erinnern, aber wenn ich darüber nachdenke, dann möchte ich behaupten, dass dieser Umzug nach Helle mein ganzes Leben geprägt hat und für meine Entwicklung nur von Vorteil war oder, wie schon erwähnt, es war für mich das zweitgrößte Glück in meinem Leben.

Kleine Entdecker.

Ich möchte versuchen, euch mein Glück zu beschreiben. Mein Glück, welches ich mit diesem Umzug von Petersfehn nach Helle hatte. Wenn ich es mir so recht überlege, ist es fast mit den wenigen Worten, die ich für diese Geschichte erübrigen möchte, nicht möglich, dieses Glück ausführlich zu beschreiben. Ich bräuchte eigentlich ein ganzes Buch dafür.

Ob man Glück mit irgendeiner Sache hat, kann man ja immer erst im Nachhinein sagen. Mit meiner heutigen Betrachtungsweise kann ich mit Fug und Recht behaupten, dass dieser Umzug entscheidend und prägend für mein gesamtes Leben war. Vielleicht hätte ich dieses oder ein ähnliches Glück ja auch in Petersfehn gehabt. Ich weiß es nicht, doch je mehr ich überlege, war dieses der richtige Lebensweg. Alles in Butter, wie man so schön sagt.

Den Begriff Glück kann man ja in verschiedenster Weise definieren. Wenn ich z.B. mit einer schlimmen Krankheit im Krankenhaus liege und letztendlich alles gut überstanden habe, kann ich sagen, ich habe Glück gehabt.

Es gibt aber auch ein lebensentscheidendes Glück und das hatte mit diesem Umzug nach Helle. Täglich, ja manchmal stündlich, machte ich in den unzähligen Wochen, Monaten und Jahren neue Entdeckungen nach unserem Umzug ins neue Domizil.

Meinen Hund Moppi. Glaubt mir, einen solchen Hund mit dieser Schläue findet man selten. Man konnte ihn z.B. mit einem Brief zur zwei Kilometer entfernten Post schicken, der Brief kam an. Falls ich einmal mit meinen Freunden im Wald umherlief und meine Mutter wollte irgendetwas von mir, so schickte sie Moppi los. Der holte mich selbst dann, wenn ich fünf Kilometer von zu Hause weg war und ihm auf dem Weg zu mir zehn Rehe, Hasen und Wildschweine über den Weg liefen. Dieses alles ließ ihn kalt, er hatte ja schließlich einen Auftrag und den erfüllte er, koste es, was es wolle.

Als wir 1952 in dieses Haus zogen, sah es dort und in der näheren Umgebung wirklich wild aus. Rund herum befanden sich große Kuhlen und Löcher, zumeist Bombentrichter und ausgehobene Schützengräben, die der Verteidigung dienten. In den Bombentrichtern, nun natürlich voller Wasser, hatte sich im Laufe der Zeit viel Getier angesammelt.

So spielten wir mit Feuersalamandern. Wer von euch kennt die noch in Natura? Was, ihr nicht? Doch, klar, die kennt doch jeder, diese schwarzgelben Dinger. Ganz schön schnell waren die, wenn wir sie fangen wollten. Sie saßen meistens an den fast ausgetrockneten Grabenkanten und sonnten sich. Ruckzuck aber hatten wir es raus, wie man sie am besten fangen konnte. Das war ganz leicht. Hans - Joachim ging zum einem Ende des Grabens und ich zum anderen Ende. Dann liefen wir langsam aufeinander zu. Jeder hatte dabei eine alte Blechdose in der Hand und schwups, hatte man wieder einen dieser flinken Burschen gefangen.

Über diese Wiese führt der Weg in „meinen Busch", wo ich so viele Tage und Stunden zugebracht habe. Dort habe ich zusammen mit meinem Hund Moppi still gesessen und habe Tiere beobachtet. So ganz nebenbei habe ich dann auch Studien über Pflanzen und Bäume erstellt. Naturschutz und Umweltschutz habe ich so schon betrieben, als noch keiner an die „GRÜNEN" dachte.

Einmal bin ich dabei in den fast ausgetrockneten Graben gefallen, einfach ausgerutscht bin ich. Das hat wohl gut ausgesehen, wie ich da so von oben bis unten voll mit braunem und schwarzem Schlick aus dem Graben heraus gekrochen bin. Hans-Joachim hat jedenfalls ganz tüchtig gelacht. Meine Mutter nicht! Die konnte wohl keinen Spaß verstehen. Hat jedenfalls ganz gehörig welche vor das Hinterteil gegeben. So´n Schiet!

Erbaut wurde das Funkhaus circa einen Kilometer weit abseits der Hauptstraße, weit entfernt von Verkehr und Nachbarschaft. Direkt hinter dem Haus waren noch große Flächen Ackerland und Wiesen und dann kam „unser" Busch. Mit unser meine ich wir Kinder, nämlich

Hans-Joachim, meine Schulfreunde Günter, Bernd und ich. Der Busch, oder besser dieses Waldgebiet, zog sich hin von Wiefelstede über Hellermoor bis nach Westerstede. Das war unsere oder vielmehr meine zweite Heimat.

Jeden Nachmittag waren wir dort zu finden, bauten Hütten oder Höhlen oder erkundeten einfach nur so den großen Wald. Und jeden Nachmittag heckten wir auch immer etwas aus und abends bekamen wir dann auch jeder welche hinter die Ohren. Hans-Joachim auf seiner und ich auf meiner Seite. Auch wenn meine Freunde einmal keine Zeit hatten, das gab es nun ja auch mal, ging ich allein in den Wald. Fast allein, denn meinen besten Freund nahm ich immer mit.

Das war Moppi und war ein kleiner Mischlingshund. Mit ihm zusammen saß ich auf einer alten Baumwurzel oder einem umgestürzten Stamm und beguckte mir den Wald und die verschiedenen Tiere, die darin zu Hause sind. Ich betrachtete die riesigen Bäume und hörte auf die Geräusche, die man eben nur in einem Wald hören kann.

Dort in diesem Wald gibt es übrigens eine „Zauberecke", die wohl als einmalig anzusehen ist. Zauberecke deshalb, weil auf diesem Waldgrundstück, dieser Ecke, eine Art Zauberei vor sich geht.

Ich habe so etwas Schönes an Blumenpracht jedenfalls kein zweites Mal gesehen. Den Start machen im Frühjahr die Primeln. Es wachsen dort wilde Primeln. Primeln, so weit das Auge reicht. So weit man in den Wald hineinguckt, alles ist gelb übersät mit Primeln. Und ein Duft ist das, unvergleichlich und unbeschreiblich! Kommst du nur einen Monat später dorthin, sieht man nur noch Maiglöckchen. So weit das Auge reicht, alles ist weiß übersät mit Maiglöckchen.

Den Rest des Sommers steht dort an derselben Stelle Moos und Klee. Dort in meiner Zauberecke habe ich in meinem Leben schon so viel vierblättrigen Glücksklee gefunden, dass ich heutzutage über den Glücksklee, der in Kaufhäusern und Blumenläden angeboten wird, nur lächeln kann.

Bachen, Keiler und Frischlinge habe ich dort stundenlang beobachtet, Ach, Augenblick mal, ihr wisst doch sicherlich, was das sind, oder? Habt ihr noch kein Wildschwein in der freien Natur gesehen? Ich wohl! Rehe schauten im Winter zu uns ins Fenster rein und wir haben diese bis auf zwei bis drei Meter Entfernung fast aus der Hand füttern können. Was höre ich da, Rehe habt ihr auch noch nicht gesehen und kennt die nur aus Büchern und aus dem Fernsehen? Ich nicht! Rebhühner und Fasanen haben wir gefüttert wie unsere eigenen Hühner. Nun sagt bloß, ihr kennt auch keine Rebhühner und Fasanen? Ich wohl! Kennt ihr jedenfalls Kreuzottern, Nattern und Blindschleichen? Auch nicht? Ich habe damit gespielt!

Glaubt mir, all diese unendlich vielen und schönen Erlebnisse mit den Tieren haben mich geprägt, haben mich zu einem wirklichen Naturschützer werden lassen. Nicht aber ein solcher wie manche „Pseudo- Grünen", die das Wort „Grünen" wohl falsch verstanden und mir damit schon zu viel Natur kaputt gemacht haben. Man kann schließlich auch mit der These „nur erst mal verhindern" viel kaputtmachen.

So weit in Kurzform meine Definition vom Wörtchen Glück, denn das meinte ich damit, als ich am Anfang sagte, ich hätte Glück gehabt. Mit Niemandem auf Gottes schönem Erdboden hätte ich tauschen wollen und wäre sein Haus auch noch so schön gewesen. Ich war auch nie neidisch auf die Kinder aus der Stadt. Die hatten nämlich nicht das, was ich hatte: Natur. Und die hatte ich eben in Hülle und Fülle und das jeden Tag!

Einen großen Wermutstropfen in dieser Geschichte gibt es trotzdem, denn leider hat man dieses einmalig schöne Waldgebiet für alle Zeiten zerstört. Mitten durch dieses riesige Waldgebiet musste in den Siebzigern eine Autobahn gebaut werden. Für das Drumherumfahren um dieses Waldgebiet hätte sicherlich bei manchen Autofahrern der Sprit nicht gereicht. Schade! Flora und Fauna wurden so auf ewige Zeiten hin ge- und zerstört.

Schultag.

Wenn ein Autor ein Buch über sein Leben schreibt, in welchem er seine erlebten Geschichten erzählt, darf die Schulzeit auf keinen Fall fehlen. Deshalb muss ich euch nun etwas erzählen von meinem ersten Schultag. Gott sei Dank ist das nun ja zu belegen, sonst würde mir das eventuell niemand glauben. Na ja, ich meine die Einschulung in die Volksschule Elmendorf, wo ich, so möchte ich betonen, das Glück hatte, diese besuchen zu dürfen. Auf der anderen Seite stand natürlich aber auch das Muss dahinter, war aber letzten Endes das kleinere Übel.

Ich war nämlich erst ganze fünf Jahre alt oder jung, ganz wie man das nehmen will, als meine Eltern meinten, ich solle doch schon die Schulbank drücken.

Nun war das aber ja nicht so einfach mit dem „Rein in die Schule, hinsetzen und was erzählen lassen". Nein, nein, ganz so leicht war das doch nicht in der damaligen Zeit. Vor dem gewaltigen Studium einer solchen Volksschule hatte auch damals schon der Gesetzgeber ein paar Punkte gesetzt.

Die Volksschule Elmendorf im Jahre 1870. Ich bin, bis auf einige wenige Ausnahmen, gerne in diese Schule gegangen. Ein Grund dafür war der Spaß, der hier das Lernen machte. Die abwechslungsreiche Unterrichtsgestaltung in dieser Schule war ein großes Plus und kam fast allen Schülern entgegen.   Bild: Georg Gerdes

Das hieß, saubere Hose, Schlips und Kragen, Hände waschen, Fingernägel putzen, Haarklemme ins Haar, damit die Flusen auf dem Kopf nicht so durch die Gegend wehten. Vor der Bildungsfabrik angekommen, nochmals mit dem Kamm durchs Haar und dann man rein in die Schule.

„Guten Morgen, Herr Lehrer, guten Morgen Herr Doktor!", sagte ich brav.

Vor mir stand der Rektor Trapp und der Schularzt, der mich untersuchen sollte. Körperlich gesund war ich ja schon, da konnte er bestimmt nichts finden.

Das war aber nur der erste Teil von diesem Aufnahmeakt, den ich zu überstehen hatte, denn nun musste ich gleich anschließend beim Lehrer Fricke vorstellig werden.

„Oh, bist du aber klein!", war der erste Kommentar. Das hätte er sich auch sparen können. Ich wusste ja, wie klein ich war. Wegen mir hätten sie zu Hause keine Türen aufzumachen brauchen. Da lief ich so ohne mich bücken zu müssen drunter durch. Kein Problem. Eine Teppichkante war für mich schon fast so hoch wie eine Treppenstufe.

Was sollten also diese Sprüche.

„Guten Morgen, ich bin Herr Fricke, wie heißt du denn?", wollte er von mir wissen. Ganz brav machte ich einen Diener und offenbarte ihm meinen Namen.

„So, so, lesen, schreiben und rechnen kannst du auch schon, hat deine Mutter erzählt, stimmt das denn?" fragte er wieder, als wenn er das so gar nicht recht glauben konnte, dass solch ein großer Kerl, wie ich es war, mit fünf Jahren noch nicht das Lesen, Schreiben und Rechnen beherrschte. Ha! Jedes kleine Kind konnte das doch! Oder?

Zack! Da hatte ich einen Zettel vor mir liegen und dann ging das los mit dem Einmaleins. Her mit der Zeitung. Vorlesen war angesagt. Wie viel ist zwei mal zwei? Und vier mal sechs?

Was haben wir denn heute für einen Tag? Wie alt bist du? Oh Gott, welch eine Prozedur. Nordwest-Zeitung, „Der Ammerländer". Nun ging es ans Vorlesen. Klappte. Ha! Rechnen? Klappte! Schreiben? Überhaupt kein Problem! Das war's.

Ein paar Tage später saß ich in der Schule. Wo ich das denn gelernt hätte, wollte der gute Herr Fricke noch wissen? Nun, ich hatte doch zwei Brüder. Immer wenn diese aus der Schule kamen, saß auch ich mit am Tisch und machte „meine" Hausaufgaben.

Das war sie nun also, die Schule. Das erste, was wir machen mussten, waren Haken und Ösen auf unserer Schiefertafel. Um darauf allerdings schreiben zu können, brauchte man einen Griffel. Hefte hatten wir damals noch nicht. Oh Gott, war das langweilig! Ich konnte doch schon alles, was sollte ich eigentlich noch in der Schule? Sollten sich doch die anderen Schüler damit abquälen.

So weit nun das mit dem ersten Schultag. Da hatte ich doch wirklich noch nichts gelernt. Also ging ich nach Hause und wartete auf den Rest meiner Schulzeit.

Die erste Zigarette.

Weihnachten ist ja schon etwas Besonderes, jedenfalls für mich. Bis zum heutigen Tage ist der Heilige Abend etwas wunderbares für mich, nicht unbedingt der Geschenke wegen, nein, nein, dieser Tag überhaupt macht den Reiz aus.

Meine beiden Brüder Fritz – Werner (links) und Rudi, der allerdings 1991 im Alter von nur 51 Jahren nach einer langen, schweren Krankheit verstarb. Mit diesen Beiden verbrachte ich fast jeden Nachmittag am Tisch, um „meine" Hausaufgaben zu machen, obwohl ich doch noch lange nicht „dran" war. Mit den Beiden rauchte ich auch meine erste „Quer-Durch-Havanna".

So war das auch schon Weihnachten 1953. Ich war nun ja gerade fünf Jahre alt und Heiligabend stand vor der Tür. Natürlich durfte ich ja nicht wissen, dass es keinen Weihnachtsmann gab, also hatten wir, dass heißt, meine beiden Brüder Rudi und Werner und ich als kleiner Duddsack, die Wohnung, zu verlassen.

Vater und Mutter schickten uns nach draußen, was bei dem kalten und feuchten Dezemberwetter eigentlich nur hieß, rein in den Schuppen. Unser Schuppen, in dem wir Brennmaterial wie Holz, Torf und Kohlen lagerten, bestand aus zusammengenagelten Brettern und Blechtafeln, welche wiederum aus alten Ölfässern hergestellt waren. Daher war das Ganze auch recht löchrig und der Wind pfiff durch die Ritzen.

In diesem Verschlag saßen wir Drei nun und warteten auf den Weihnachtsmann. Irgendwann wurde uns die Warterei zu langweilig und mein ältester Bruder meinte, wir müssten doch mal irgendetwas Produktives machen.

Ich weiß ja nun nicht, wie er darauf kam, aber Rauchen ist bei den Jungen ja immer angesagt. Nur woher nehmen und nicht stehlen? Doch das Gute liegt so nah! Die so genannte Zigarette sah dann aber eher aus wie eine Trompete. Außen zusammengerolltes Zeitungspapier und drinnen richtig guter Tabak, den die Beiden vom vielen Torfstreu, der dort auf dem Boden lag, „geerntet" hatten.

Ich brauchte in meinem zarten Alter nur einen guten Zug, natürlich auf Lunge. Dann war Weihnachten für mich vorbei, denn erstens wurde eine neue Hose für mich benötigt und zweitens gab es gehörig welche vor den Hintern.

Dieser Zug hatte bei mir eine durchschlagende Wirkung. Geschenke wurden dann übrigens erst am nächsten Tag verteilt. Da war der Weihnachtsmann allerdings schon lange nicht mehr da, aber zum Glück hatte er ja die Geschenke dagelassen.

Das Geschenk.

Im zarten Alter von drei Jahren war ich mit meinen Eltern in diesen Ort und in dieses Haus gezogen und ich fühlte mich hier inmitten der Natur so richtig wohl, denn dieses Funkhaus stand recht weit abseits der Straße, fast einen ganzen Kilometer inmitten von Feldern und Wiesen und ziemlich nah am Waldrand.

Mit meinen kleinen, kurzen und überaus zarten Beinchen, ich passte aufrecht unter jede Türritze durch, hatte ich die Umgebung recht schnell erkundet und tagein, tagaus war ich unterwegs, um neue

Erlebnisse und Abenteuer zu bestehen. Oft bekam ich von meiner Mutter den Auftrag, doch mal zum Bäcker oder zum Kaufmann in den Nachbarort zu laufen, um Kleinigkeiten einzukaufen.

„Onkel Warnken soll anschreiben", sagte meine Mutter dann. „Sag's ihm, ich komme am Montag und bezahle!" rief sie mir nach. Ich lief dann los, die vier Kilometer zum Kaufmannsladen nach Elmendorf und auch wieder vier Kilometer zurück. Dabei musste ich bis zur Hauptstrasse den langen Sandweg entlang laufen. Von da an benutzte ich dann den so genannten Pferdeweg, der parallel entlang der Straße lief, dort, wo früher einmal die Pferdefuhrwerke ihren Weg hatten, damit sie nicht das holprige Klinkerpflaster benutzen mussten. Auf diesem Weg war ich so einigermaßen sicher, obwohl hier zu dieser Zeit noch relativ wenig Verkehr herrschte.

Dieser weite Weg machte mir fast gar nichts aus, denn ich war meiner Mutter gerne behilflich. Sie hatte es wahrlich schwer, denn unser Vater brachte nicht allzu viel Geld nach Hause. Er trank und oft habe ich meinen im Rausch tobenden Vater erlebt, wenn dieser wieder einmal wie so oft betrunken nach Hause kam. Das passierte manchmal täglich oder zumindest jeden zweiten Tag.

Mit dieser Tatsache wuchs ich auf und verstand deshalb die Sorgen meiner Mutter, half ihr, wo ich nur konnte und bettelte nicht und fragte nie nach Geld. All meine Freunde hatten immer etwas Geld in der Hosentasche und deshalb tat es mir weh, wenn einer meiner Freunde sich in der Schulpause eine Stange Sahnebonbons kaufte. Fünf Pfennig für fünf leckere Sahnebonbons, das konnte ich mir nicht leisten.

Ging ich aber am Nachmittag zum Einkauf, so konnte es passieren, dass ich einen Bonbon geschenkt bekam, schon aus diesem Grunde machte ich diesen langen Weg gern.

Dann stand ich kleiner Knabe vor dem hohen Tresen und schaute mit meinen graublauen Kulleraugen hoch zu Tante Warnken. Ich wartete artig, bis ich an der Reihe war und schob dann mit meinen dünnen Ärmchen den Zettel, den meine Mutter mir mitgegeben hatte, hoch auf die gläserne Ablage. Dabei musste ich mich immer richtig strecken, so dass mir das Hemd aus der Hose rutschte. Mutter hatte mir an dieses Hemd, welches eigentlich schon längst zu klein war, einen breiten Streifen Stoff genäht. Nun passte das Hemd wieder für ein Jahr, nur ich schämte mich schrecklich, wenn dieser andersfarbige Stoff zu sehen war.

Bei jedem dieser Besuche beim Kaufmann hoffte ich inniglich, dass ich einen Bonbon bekommen würde, obwohl, ganz, ganz viele meiner langen Wege waren vergeblich, denn Bonbons gab es meistens nur, wenn ich Geld von Muttern dabei hatte und den Einkauf gleich bezahlte.

Es gab zwei Dinge auf meinem Weg ins Dorf, die mich in meinem tiefsten Innern berührten. Eine positive und eine negative Sache. Denn fast am Ende des langen Sandweges, der vom Furkhaus her kam, kurz bevor dieser Weg auf die Hauptstrasse mündete, war eine große Bauerei, der Hof Reiners. Mein liebster Aufenthaltsort, denn erstens fand ich es auf einem Bauernhof wahnsinnig interessant und zugleich wohnte dort in einem kleinen Anbau mein Freund Bernd, den ich eines Tages auf einem meiner Streifzüge kennen gelernt hatte.

Pferde, Kühe, Schweine und Schafe gab es auf diesem Hof. Das Interessanteste waren aber die vielen Maschinen, angefangen vom Pflug, Egge und Traktor. Wahnsinnig spannende Sachen waren das und so manches Mal stand ich vor diesen Dingen und war fasziniert.

Doch es gab leider auch das Negative in diesem Ort, jedenfalls in meinen Augen und das befand sich genau gegenüber vom Reiners - Hof auf der anderen Seite des Sandweges. Hier waren auf einem Grundstück hölzerne Baracken gebaut worden, um Wohnraum für all die vielen Flüchtlinge zu schaffen, die nach dem Kriege in diesen Ort gekommen waren.

„Flüchtlinge? Was sind Flüchtlinge?" hatte ich eines Tages meine Mutter gefragt. Sie hatte versucht, mir das zu erklären, doch genutzt hatte es nicht viel, denn in meinen Augen blieben es fremde, andere Menschen. Menschen, die nicht so waren wie ich, wie mein Vater, wie meine Mutter, eben nicht so wie all die anderen Menschen hier in diesem Ort.

Jedes Mal, wenn ich auf meinem Gang in den Nachbarort Elmendorf dann an diesem Barackenlager vorbeimusste, vermied ich es, dort bewusst meinen Blick hinzurichten, hielt meistens meinen Kopf gesenkt, schielte mit nur einem Auge zu dem Hofplatz dieses Lagers, denn dort schien sich das Leben dieser Menschen abzuspielen.

Ein rechteckiger Platz mit einer schwarz lackierten Schwengelpumpe mitten drauf, an der sich die Lagerbewohner mit frischem

Wasser versorgen konnten. Jede Baracke, dunkelgrün gestrichen, hatte etwas unheimliches an sich. Wohl an die zwanzig Baracken standen hier. Wie viele Menschen aber darin wohnten, blieb für mich ein Geheimnis.

Je näher ich auf meinem Gang zum Kaufmann diesem, für mich unheimlichen Lager kam, umso mehr drosselte ich unmerklich meinen Schritt. Richtig zögerlich, so, als erwarte ich einen Angriff, drückte ich mich auf der anderen Wegseite an der Einfahrt zum Lager vorbei. Sobald ich aber diese Einfahrt erreicht hatte, wurden meine kurzen Beine wieder schneller und man hätte wohl meinen können, dass ich jedes Mal tief Luft holte, so als wäre ich froh, dieses geschafft zu haben. Ich weiß nicht, woran das lag, woher diese Einstellung kam. Oft bin ich auch einen großen Umweg gelaufen, nur damit ich nicht an diesem Lager vorbei musste.

So blieb dieses Lager ein ewiges Auf und Ab in meinen Gefühlen. Wieso, kann ich bis heute nicht beantworten. Ich mochte dieses Lager zur damaligen Zeit einfach nicht. Allerdings sollte sich das schon in naher Zukunft ändern.

Hans - Joachim, der ja im selben Hause wohnte, war mein bester Freund geworden. Natürlich gab es hier und da Meinungsverschiedenheiten, doch die wurden, wie bei Jungen so üblich, in einem kurzen Ringkampf beigelegt. Oft genug gab es Tage, wo am Hemd oder an der Jacke ein Knopf fehlte, der bei einer Rangelei verloren ging. Schlimmer war es jedoch, wenn ein Kleidungsstück dabei zerrissen wurde. Dann gab es einen Klaps an die Ohren und die Sache war fast vergessen. Fast, denn meist gab es diesen Klaps, - oder auch zwei, in aller Öffentlichkeit, also so, dass der Freund zugucken konnte und das war schrecklich. Oh, diese entsetzliche Schmach.

Natürlich glich sich dieses wieder aus, denn bei Achim war es nicht besser. Auch der bekam seine „Streicheleinheiten".

Es ging wohl schon auf Weihnachten zu. Heiligabend und der Tannenbaum, ein Fest wie viele andere. Wieso das so etwas besonderes sein sollte, konnte ich nicht begreifen. Achim war schon seit Tagen ganz aufgeregt und hatte immer nur dieses eine Thema: Geschenke. Mich aber interessierte das gar nicht so. Auch bei allen Nachbarn, sei es bei Dierks, Behlen, Hedemann oder Meirose, die ich so im Laufe der Wochen vor dem Fest besuchte, wurde gebastelt und gewerkelt. Kuchen wurde gebacken, Geschenke verpackt.

Natürlich gab es bei uns zu Hause auch einen geschmückten Baum, jedoch, was die Geschenke und den Kuchen und andere Dinge anging, die eben zu einem solchen Fest gehörten, davon war bei uns zu Hause nichts zu merken.

Mein Vater hatte wieder einmal das wenige Geld, welches er mit Aushilfsarbeiten während der Wintermonate verdiente, lieber in die Kneipe getragen, anstatt an die Familie zu denken. So konnte ich von schönen Geschenken nur träumen.

„Möchtest du mitkommen? Ich gehe mit meinen Eltern zur Weihnachtsfeier!", fragte mich Achim eines Tages in der Adventszeit und riss mich mit dieser Frage aus meinen kindlichen Gedanken.

„Wir gehen ins Lager, dort wird heute Abend gefeiert. Kannst ja mitkommen, wenn du Lust hast!"

Ich war hin und her gerissen in meinen Gefühlen. Eine Einladung in dieses Lager? Nein, das konnte ich nicht annehmen. Oder doch? Dieses so unheimliche Flüchtlingslager sollte ich nun kennen lernen? Diese Menschen? Wer weiß, was mich dort erwarten würde?

„Ach, komm doch mit!", bat mich Achim noch einmal und auch Achims Mutter bestärkte mich darin, doch mitzukommen.

„Kannst wirklich gerne mitgehen", sagte sie.

Schon war ich überredet. Mutter hatte mir die besten Sachen zum Anziehen hingelegt. Mein buntes Hemd, den kleinen Pullover, die gute Anziehhose und, - natürlich, die lange wollene Unterhose! Oh, wie hasste ich diese Hose. Die kratzte doch so fürchterlich! Na ja, Mutter hatte immer Recht und so hatte es überhaupt keinen Zweck, mich gegen dieses schreckliche Folterinstrument aufzulehnen.

Mit Widerwillen streckte ich mich in diese Hose und, - ob ich es wollte oder nicht, meine kleinen Zehen krümmten sich im Bogen, der eine hoch, der andere runter. Ganz automatisch! Alles sträubte sich gegen diese blöde Hose. Trotzdem schaffte Mutter es immer wieder, mir dieses kratzige Monstrum anzuziehen. Die Ringelsocken, bis zu den Knien hochgezogen. Schrecklich! Und dann die Schuhe! Schon zwei Nummern zu klein, wurden die schmalen Füße in diese Folterinstrumente hineingezwängt, so dass nach spätestens zehn Minuten die Füße höllisch zwickten. Die kleinen Ballen schmerzten. Zum Schluss die Krönung, der Mantel. Den hatte Mutter aus Onkel Herberts alten Militärmantel geschneidert. Der Saum war nicht so ganz gerade, aber dafür hielt er doch schön warm. Dicke braune Knöpfe hielten ihn zusammen. Nicht zu vergessen wäre der Schal. Natürlich kratzte auch der, wie alles damals. Die selbst gestrickten Handschuhe angezogen und schon konnte die Exkursion ins Ungewisse starten.

Es dämmerte schon, als sich die Nachbarsfamilie zu Fuß auf den Weg machte. Ich hielt mich immer dicht an Achims Seite, platzierte mich zwischen Achim und dessen Vater. So konnte mir mit Sicherheit nichts passieren, obwohl, selbst vor der stockfinstersten Nacht hatte ich keine Angst. Dieser Gang war aber ganz was anderes, es war der Gang ins Lager und das war schon was ganz Besonderes.

In dieser Formation kamen wir nach einer guten viertel Stunde Fußmarsch im Lager an. Es ging quer über den Platz zu der größten Baracke, die hier stand. Achims Vater öffnete eine quietschende Holztür, hinter der eine dicke Wolldecke aufgehängt war.

„Diese Decke hängt hier bestimmt, damit es nicht so zieht", dachte ich, denn es war richtig kalt in diesem Raum. Obwohl, dort in der Ecke stand ein alter Ofen, aus dem es ab und zu qualmte. Immer dann, wenn wieder einmal die Eingangstür geöffnet wurde, kam eine kleine Qualmwolke durch die Ritzen des Ofens.

Mir wurde in diesem riesigen Raum ein Platz zugewiesen. Direkt neben Achim konnte ich sitzen. So fühlte ich mich auch ein klein wenig geborgen, denn immer mehr Menschen betraten den Raum, der vielleicht so vier mal fünf Meter groß war. In meinen Augen war dieses aber ein riesiger Saal.

An den Fensterscheiben zeichneten sich die ersten Eisblumen ab. Die Decke und Wände waren mit einfacher Kalkfarbe getüncht und in den Ritzen der hölzernen Decke fehlte hier und dort schon die Farbe.

„Genau wie zu Hause", dachte ich.

Jedes mal, wenn wieder einmal die Tür aufging, kam auch ein Schwall kalte Luft herein. Mich fröstelte, vielleicht aber auch nur wegen der Ungewissheit über das Kommende. Immer mehr Menschen kamen herein, irgendwann war der Raum gefüllt und alle Bänke besetzt.

Dann geschah etwas Unbegreifliches. So, als wäre ich in Trance, stand ich von meiner harten, hölzernen Bank auf und ging in die Ecke gleich neben der Eingangstür, wo man einen Weihnachtsbaum aufgestellt hatte. Wie angewurzelt stand ich vor diesem wunderschön geschmückten Gebilde. So etwas Schönes hatte ich noch nie gesehen. Fasziniert starrten meine Augen auf die geschmückten Zweige. Kleine

Glöckchen hingen daran und jedes Mal, wenn irgendjemand den Raum betrat, wurden diese Glöckchen vom Windzug hin- und her geschaukelt und gaben einen feinen Klingelton von sich.

Dort, wo heute die Reitanlagen des Reit – Klubs – Helle stehen, standen früher in den fünfziger Jahren die Baracken des Flüchtlingslagers.

Kleine, zierliche Vögelchen aus feinstem Glas mit einem langen Schwänzchen aus Glasfaser waren mit einer Klemme an den Zweigen befestigt. Sogar Kerzen waren an diesem Baum befestigt und qualmten vor sich hin.

Das tollste und faszinierendste an diesem Baum war aber das Lametta, welches ich ja auch von zu Hause kannte. Lametta? Sauerkraut hing in den Zweigen. Getrocknetes Sauerkraut, weil kein Lametta vorhanden war.

Staunend stand ich vor diesem Baum. Irgendjemand rief mich leise, ohne dass ich jedoch reagierte. Ich war einfach hin und weg in meinen Gedanken. Dann stand endlich jemand auf, kam zu mir und tippte mir ganz vorsichtig auf die Schulter. Richtig erschrocken zuckte ich zusammen, drehte mich um, verbeugte und entschuldigte mich und ging fast auf Zehenspitzen zu meiner Bank. Achim lächelte.

Ein Mann in einer feierlichen Robe und einer farblich abgesetzten Schärpe stand auf und stellte sich vor die erste Reihe der Gäste. Er hielt ein dickes, aufgeschlagenes Buch in den Händen.

„Was will der?", fragte ich mich, „wieso dreht der uns den Rücken zu? So etwas macht man nicht, das ist ungezogen!"

Wenn man sich mit irgendjemand unterhielt, schaute man die Person auch an. So hatten es mir meine Eltern beigebracht.

Diese Person in dem weißen Umhang, mit Sicherheit ein altes Bettlaken, so hatte ich dieses Kleidungsstück in der Zwischenzeit ausgemacht, blieb aber so, mit dem Gesicht zur Wand und dem Rücken den Gästen zugewandt stehen, sprach ein paar Worte und drehte sich schließlich doch den Besuchern zu.

Ein Lied wurde angestimmt. Für mich eine ganz neue Erfahrung, denn für Musik war bei uns zu Hause kein Platz. Und doch, ich mochte Musik.

„Kleine Fralbe, fieg nach Heldoland", hatte ich früher immer singen müssen, wenn Vater das wollte. Immer, wenn wir irgendwo zu Besuch waren, musste ich dieses Lied singen. Meist hielt Vater mich beim Singen auf dem Arm, alle sollten mich sehen, wenn ich dieses Lied sang. Als Vorzeige – Kind fühlte ich mich so manches Mal.

„Kleine Schwalbe, flieg nach Helgoland", ein Hit in damaligen Zeiten, nur konnte ich diese Worte nicht richtig aussprechen. Ich plapperte die einzelnen Verse nur nach.

Nun saß ich hier auf dieser harten Bank mit gesenktem Kopf und versuchte, so gut ich konnte, jedenfalls die Melodie mitzusummen. Achim neben ihm sang zwar auch nicht schön, dafür aber laut. Wieder ein Gedicht, welches alle Besucher alle zusammen aufsagten.

„Die haben das wohl alle auswendig gelernt", dachte ich mir. Jedenfalls verhielt ich mich wie zuvor bei diesem Lied und tat so, als mache ich beim Versereimen tüchtig mit. Wie sollte ich auch wissen, dass dieses Gedicht ein Psalm aus dem Testament war. Nie hatte es mir auch nur einer gesagt.

„Kennen die aber viele Lieder", dachte ich, nachdem das nächste Lied angestimmt war. Offenbar war es ein Lied über diesen Weihnachtsbaum, denn aus allen Kehlen klangen die Worte

„Oh, Tannenbaum, oh, Tannenbaum, wie grün sind deine Blätter".

Inzwischen saß ich sturmerprobt, - nichts konnte mich mehr erschüttern - , auf meiner Bank und brummte.

Plötzlich wurde die Tür aufgerissen. Ich erschrak. Ein Mann mit einer Kapuze, einem alten Umhang und einem angeklebten Bart, man sah es ganz deutlich, betrat mit einem lauten Poltern den Raum. Einen alten, zerfledderten Sack trug er auf dem Rücken, den er vorne im Raum vor der versammelten Gästeschar absetzte.

Der andere Mann, der, der eben noch die Gedichte vorgetragen hatte, hatte sich in der Zwischenzeit gesetzt. Der mit dem alten Umhang und Kapuze erzählte eine kleine Geschichte und zeigte schließlich auf ein Kind in der ersten Reihe. Dieses Kind, ein kleines Mädchen ähnlichen Alters wie ich, stand auf. Der alte Mann bückte sich, fummelte in seinem zerschlissenen Sack herum und holte ein kleines Geschenk hervor.

Das Mädchen nahm wieder Platz. Ein weiteres Kind wurde aufgerufen. Das Procedere wiederholte sich. Irgendwann war der verkleidete Mann mit seinen Aufrufen auch bei mir angelangt. Ungläubig schaute ich nun in die Runde und blieb wie angewurzelt sitzen. Erst als Achim mir einen Schubser in die Seite gab, stand ich auf, guckte nach links und rechts und ging nach vorne.

Mit zitternden Händen nahm ich nun „mein" Geschenk entgegen, eine kleine Holz – Eisenbahn. Die Lok mit dickem Bauch, mit Führerhaus, schwarzem Schornstein und drei Waggons lagen nun in meinen kleinen Händen. Krampfhaft hielt ich dieses Spielzeug, mein erstes Geschenk, mit meinen kleinen Fingern fest.

Am liebsten wäre ich auf der Stelle im Fußboden versunken, so beschämt war ich. Wie ein Häufchen Elend saß ich mit meinem Geschenk auf der Bank und wusste nicht, wie mir geschah. Keinen klaren Gedanken konnte ich fassen. Wieso bekam ich ein Geschenk? Wieso schenkten mir diese fremden Menschen etwas. Was wollten diese Menschen von mir? Wieso bekam ich, obwohl ich doch nicht das Kind von Flüchtlingen war, etwas geschenkt. Wieso, warum?

Den Rest dieser Weihnachtsfeier registrierte ich gar nicht mehr. Gedanklich war ich immer noch mit diesem Geschenk beschäftigt. So interessierte mich auch nicht mehr das letzte Lied, welches nun gesungen wurde. Erst als Achim mich aus meinen Gedanken riss, schaute ich mich um und bemerkte, dass die Ersten bereits den Raum verlassen hatten.

Achims Mutter reichte mir meinen kleinen Lodenmantel, den Schal, Mütze und schließlich die Handschuhe. Ich zog mir die Sachen an, dann machten wir uns gemeinsam wieder auf den Heimweg.

Es war stockfinster, als ich mit meinem Geschenk zu Hause ankam. Stolz präsentierte ich meine Holz – Eisenbahn auf dem Küchentisch. Mutter freute sich. Ihr standen Tränen in den Augen. Verschämt senkte sie den Blick und wischte verlegen mit einem Lappen über die Tischkante. Vor lauter Freude ging ich zu meiner Mutter und umarmte sie. Nur mein Vater, der an diesem Abend wieder vom Alkohol genossen hatte, saß mit verklärtem Blick auf der anderen Seite am Tisch und machte eine Bemerkung, die ich aber nicht verstand.

Wie so oft in dieser Zeit verstand ich auch jetzt nicht meinen Vater. Heutzutage nehme ich an, dass er sich geschämt hat, dieses aber nicht zeigen konnte und mochte. Ich verstand auch nicht die Tränen meiner Mutter. Ich war ganz einfach ein Kind!

Rund dreißig Jahre behielt ich dieses Geschenk, welches ich im Jahre 1953 erhalten hatte, in Ehren. Dann ging diese kleine Holzeisenbahn aus unerfindlichen Gründen verloren. Nach und nach fehlten zuerst die Lok und anschließend die Waggons.

Dieses kleine Geschenk, damals von fremden Menschen an einem kalten Dezemberabend im Jahre 1953 überreicht, hat aber bis heute seine Wirkung nicht verloren. Bis zum heutigen Tage habe ich, nun selber schon Vater und Großvater, mir immer gemerkt, dass man mit winzig kleinen Geschenken eine ganze Menge Freude bereiten kann. Denn, so sage ich mir, wenn wir es nur wollen, ist Weihnachten das ganze Jahr an jedem Tag!

Mein lieber Schwan.

Es gibt Sachen und Dinge im Leben, die man nie vergisst. Bei mir ist es meine Tante Anni. Die ersten Erinnerungen an meine Tante, sie starb 1997 im stolzen Alter von 100 Jahren und vier Monaten, sind aus der Zeit, als ich wohl so vier oder fünf Jahre alt war, also in den Jahren 1952 oder 1953. Sie war meine Tante väterlicherseits und wohnte in Godensholterweg. Eine richtige knuddelige Tante war sie, so wie man sich eben eine liebe und gern gemochte Tante vorstellt.

Einmetersechsundfünfzig, also ziemlich klein und zierlich, dafür aber agil und drahtig. Ich mochte sie.

Da wir nun zu der Zeit in Helle wohnten, war es ja gar nicht so einfach, sie andauernd und oft zu besuchen, denn, so viel sei gesagt, ein Auto besaßen weder mein Vater noch irgendeiner meiner beiden Brüder und auch selbst meine Mutter hatte keinen Zweitwagen in der Garage stehen.

So wurde jeder Besuch zu einem Erlebnis. Schon die Vorbereitungen waren eine Sache für sich, denn die Fahrräder mussten für diese lange Tour in Ordnung gebracht werden. Auch die Sitzschale und die Fußstützen für mich mussten entweder bei Mama oder Papa auf dem Gepäckträger des Fahrrades angebracht werden.

Die Tour war mörderisch, jedenfalls, was mein zu der Zeit noch zartes Hinterteil anging. Man muss schließlich bedenken, dass es damals fast nur holperige Klinkerstraßen gab. Asphaltstraßen waren dagegen sehr selten. So gab es meine ersten Sitzprobleme bereits in Gießelhorst.

Der Weg nach Godensholterweg führte uns nämlich über Langebrügge, Gießelhorst, durch den Maxwald, am Denkmal vorbei, durch Torsholt, weiter über Ocholt, durch Ocholterfeld und Haisingen bis hin zum Zielpunkt. Man konnte auch über Rostrup auf dem so genannten Mastenweg in Richtung Ocholt fahren. Leider war dieser Weg zur damaligen Zeit noch ein Sandweg und darum gerade in der Sommerzeit schlecht zu befahren.

Wenn wir dann endlich nach vielen, vielen Tagen, solange kam mir das jedenfalls immer vor, bei Tante Anni ankamen, gab es als erste Begrüßung für mich selbstverständlich einen heißen Kakao und für die Erwachsenen einen Tee. Hier merkte man die Nähe zu Ostfriesland, denn Tante Anni machte aus diesem Teetrinken eine wahre Zeremonie.

Zu dieser Zeremonie gehörten feine Porzellantassen, feinstes Delfter – Blau. Je nach Geschmack mit zwei oder drei Kluntjes (Kandis) auf dem Tassenboden, welcher beim Eingießen des heißen Getränks immer so schön knisterte, wenn er zerfiel. Und dann, endlich, endlich, holte Tante Anni ihr Sahnekännchen aus der kühlen Speisekammer. Dieses Sahnekännchen war nicht so irgendeines, denn angelehnt an den Kannenrand stand inmitten der Sahne ein Löffel aus feinstem Aluminium. Doch das wirklich Schöne an diesem Löffel war ein kleiner Schwan, welcher mir immer ins Gesicht lachte. Nicht reell, nein, nein. Nur so in meinem Empfinden lächelte mich dieser winzig kleine Aluminiumschwan an, genau dort, wo man den Löffel anfasste, um sich die leckere Sahne in den Tee zu geben.

Es ist so schwer,
wenn sich Mutteraugen schließen,
wenn Hände ruhen,
die einst so treu geschafft,
und Tränen still und heimlich fließen,
ein liebes Mutterherz
wird jetzt zur letzten Ruhe gebracht.

Heute entschlief unsere liebe Mutter, Schwiegermutter, Großmutter, Urgroßmutter, Ururgroßmutter, Schwägerin und Tante

Anni Stöhr
geb. Post

★ 23. 3. 1897   † 3. 7. 1997

In stiller Trauer:

Die Todesanzeige meiner Tante Anni.

Die Begeisterung für diesen Löffel wuchs in mir von Besuch zu Besuch. Dann irgendwann nach mehreren Besuchen bei Tante Anni war es dann eines Tages so weit. Sie schenkte mir diesen Löffel. Oh, war ich glücklich. Ich konnte nun jeden Tag meinen lieben Schwan betrachten, solange und so oft ich wollte. Natürlich war dann irgendwann das Interesse an dem schönen Teil verflogen, denn nun besaß ich ihn ja. So ist nun mal der Mensch, denn wenn man erst einmal ein Teil besitzt, ist das Interesse daran schnell verflogen.

So verschwand er eines Tages bei Muttern in der Schublade und war auch meinem Sinn entglitten. Bis 1999, so circa 46 Jahre später, nachdem mir Tante Anni diesen wunderschönen Sahnelöffel geschenkt hatte. Dann eben, ein paar Monate nach ihrem Tode, kam mir eines Tages dieser Löffel in den Sinn. Wodurch, weiß ich gar nicht mal.

Als ich dann das nächste Mal meine Mutter besuchte, fragte ich sie nach diesem Geschenk, denn ich wusste, Mütter werfen grundsätzlich nichts weg!

Es war für sie nur ein Griff. Sie zog eine Schublade auf, kramte ein wenig darin herum und überreichte mir meinen Sahnelöffel. Mein Andenken an meine Tante Anni. Und so ziert dieses schöne Andenken heutzutage unser Sahnekännchen auf dem Kaffeetisch und oben heraus guckt – mein lieber Schwan.

Onkel Tegtmeyer.

Wer kennt Onkel Tegtmeyer. Ja, genau den. Den Onkel Tegtmeyer aus Rastede meine ich. Vier mal im Jahr, also in jedem Quartal einmal, kam Onkel Tegtmeyer aus Rastede zu uns.

Ein altes Herrenfahrrad, bestückt mit einem großen Koffer auf einem überdimensionalen Gepäckhalter, war sein fahrbarer Untersatz. So zog er durch die Lande und verkaufte alles, was die Hausfrau so zum täglichen Leben benötigte. Haarklemmen, Bürsten, Hosenträger, Unterwäsche, Hemden, Kämme, Klammern und, und, und. Alles hatte er wohl geordnet in seinem Koffer verstaut. Wenn er dann bei uns zu Hause seinen Koffer auf den Küchentisch wuchtete und ihn öffnete, war das für mich immer wie Weihnachten, obwohl ich ja genau wusste, was das geheimnisvolle Ding beinhaltete.

Er tat dann so, als öffne er den Koffer. Erst lockerte er die schweren Riemen, die das schwere Paket zusammenhielten und drückte auf die Verschlüsse. Links Klack! Rechts Klack!

Nun fasste er mit beiden Händen den Kofferdeckel an den Seiten und hob ihn etwas an, jedoch nur circa zehn Zentimeter, gerade so hoch, um ihn gleich wieder fallen zu lassen.

Dann trafen sich unsere Blicke. Ich, der mit den Knien auf einem Stuhl hockte und diese spannungsgeladene Situation verfolgte und Onkel Tegtmeyer, der immer etwas lächelte.

„Na, mein Jung" sagte er dann, „wie heißt du denn?"

Natürlich wusste er ja meinen Namen, das war jedoch immer seine Frage, um ein Gespräch mit mir zu beginnen.

„Klar!", sagte er dann, „natürlich, ich kenn dich doch. August heiß du. Der kleine August!".

Ich musste lachen, denn ich wusste ja, dass er sich nur einen kleinen Spaß mit mir erlaubte.

„Wie alt bist du denn?" fragte er mich einmal bei einem seiner Besuche.

„Sechs", antwortete ich brav.

„Und was willst du einmal werden?", war seine nächste Frage.

„Sieben", meine logische Antwort.

Schon damals war ich nie um Antworten verlegen, was sich bis zum heutigen Tage nicht geändert hat.

Die Spannung stieg. Wieder fasste er den Kofferdeckel an, hob ihn hoch, ließ ihn fallen, hob ihn wieder hoch, ließ ihn nochmals demonstrativ fallen und dann kam der obligatorische Griff. Der Griff in die linke Seitentasche seines Anzuges.

Wie ein Zauberer holte er etwas hervor. Dabei verdrehte er seine Hand, schwang seinen Arm hoch und nieder und legte zwei Bonbons in meine geöffneten Hände, die schon seit Anfang der Prozedur wie eine Schale auf dem Tisch lagen.

Es gab nur zwei, obwohl ich mir jedes Mal wünschte, auch nur einen einzigen Bonbon mehr zu bekommen, denn die waren damals noch Mangelware. Trotz alledem, ich feierte fünf Mal Weihnachten im Jahr, denn für mich war jeder Besuch von Onkel Tegtmeyer aus Rastede ein Freudenfest.

Besuch.

Wenn ich nun erzähle, was man in einer Einöde, wo wir doch lebten und wo ich meine Jugend verbracht habe, so alles erleben kann, ich könnte wetten, einige würden mir das nicht glauben.

Seit 1952 wohnten wir in diesem so genannten Funkhaus in Helle. Abgeschieden von der Welt und total hinterm Mond, in der absoluten Wildnis, dort wo sich Fuchs und Hase „Gute Nacht" sagen. Dort, wo man nachts den Bürgersteig hochklappt und mit einer langen Stange den Mond über den Himmel schiebt.

Glaubt es mir, oft genug habe ich diese Sprüche hören müssen, von Schulkameraden, von Freunden und Bekannten.

Wenn jemand zu uns wollte, musste der von der Hauptstraße abbiegen, beim Bauern Reiners vorbei und circa achthundert Meter weit in Richtung Nichts fahren, denn hinter uns war nichts mehr außer Weiden, Acker und Wald. Hinter unserem Haus war die Welt zu Ende, so dachten jedenfalls viele. Wir waren das Letzte! Also, das letzte Haus, meine ich.

Dass manchmal jedoch direkt bei uns im Niemandsland, inmitten der Wildnis, das Leben seine wirklichen Seiten ausspielte, haben diese ironischen Spötter meistens gar nicht bemerkt.

Denn wir hatten das unverschämte Glück, dass in Hellermoor Michael Jary wohnte, oder besser gesagt, er residierte dort in seiner Villa. Ich höre schon verzweifelt nach Fragen rufen. Wer ist denn Michael Jary und was hattet ihr mit dem zu tun? Ganz einfach, seine Besuche meldeten sich bei uns an. Quatsch, das war nun gelogen, aber profitiert von Jary´s Besuchen haben wir schon.

Nun ja, für die Älteren unter meinen Lesern muss ich „den" Jary ja wohl nicht vorstellen, aber den Jüngeren sei gesagt, dass Michael Jary ein berühmter Komponist war, der dort in Hellermoor eine Villa besaß.

Die frühere Villa des Juden Balthasar war sein Zuhause. Nach dem Kriege kaufte der Großgeflügel- Züchter Rolf Bölts aus Westerscheps dieses Haus und veräußerte es dann schließlich an den berühmten Komponisten Michael Jary.

Aus diesem Grunde konnte es schon mal passieren, dass wir unangemeldeten Besuch bei uns hatten. Wie schon erwähnt, eigentlich wollten diese Gäste zu Jary, bogen aber an der Hauptstraße einen Weg zu früh ab und standen schließlich bei uns auf dem Hof.

Dann klopfte es abends und wieder stand ein Prominenter vor unserer Tür. So habe ich z.B. Heidi Brühl und Heinz Erhard persönlich kennen gelernt. An viele andere kann ich mich nicht mehr so erinnern, einer jedoch ist mir im Gedächtnis haften geblieben. Peter Frankenfeld! Denn der hatte mal ein ganz besonderes Erlebnis in Hellermoor, der darin gipfelte, dass eine Fernseh – Show abgesagt wurde.

Es begann anfangs mit seinem Besuch bei, na, bei wem wohl? Bei uns natürlich! Dann ging es weiter zu Jary zu irgendeiner Feier, die gerade angesagt war.

Viel wusste die örtliche Bevölkerung nun gerade nicht über diese Feiern, die dort in ihrem Dorf abgehalten wurden, doch bis heute vermutet man, dass nicht jede Feier nach jedermanns Geschmack war.

Denn wie sonst konnte es passieren, dass gerade Peter Frankenfeld mit Anhang an einem Abend in „Büsselmanns Krug" in Hellermoor reingeschneit kam mit dem Gruß:

„Moin, ihr Bauern!"

Manche der dort Anwesenden fanden gerade das nicht so lustig. Einer der vor dem Tresen sitzenden Gäste sogar überhaupt nicht lustig. Er stand wortlos auf, schob den Hocker beiseite, holte einmal kräftig aus und verpasste Frankenfeld ein blaues Veilchen.

Damit war der Abend gerettet und die Verständlichkeit wieder hergestellt. Ob Frankenfeld in seinem späteren Leben noch einmal auf diese Weise fremde Menschen gegrüßt hat, ist leider nicht überliefert. Jedenfalls wurde eine Fernsehshow, die ein paar Tage später anstand, abgesagt, denn dieses Veilchen konnte man auch in der „Maske" nicht wegretuschieren.

Da soll noch einer sagen, bei uns war nichts los! Ha!

Zittergras.

Hinter dem Funkhaus, unserem damaligen Domizil, also so circa fünf- bis sechshundert Meter weiter in Richtung Wald, hatte der Bauer Grambart aus Elmendorf seine Weide. Da er diese Weide überwiegend nur für den Grünschnitt gebrauchte, (entweder wird das Gras frisch verfüttert oder es wird Grassilage daraus gemacht) fand man hier noch das urwüchsige Gras mit allen Kräutern und kurz- und langstieligen Gräsern, eben das, was eine Naturwiese ausmacht.

Nun gab es auf dieser Weide eine Grassorte, deren Wuchs so circa vierzig bis fünfzig Zentimeter Höhe ausmachte. Wenn man dieses Gras, ein Hülsengras, pflückte und einige Tage zum Trocknen aufhängte, hatte man das so genannte Zittergras. In den Kammern der Blütenrispen raschelte der Samen und das selbst schon beim kleinsten Windhauch. Richtig toll klang das. Dieses Gras pflückten wir ziemlich oft immer während der Sommermonate. So hatten wir immer für lange

Zeit einen schönen Zimmerschmuck und außerdem lag gleichzeitig ein unverwechselbarer Geruch von frischem Heu im Raum.

Glas – Aale.

Habt ihr schon einmal Glas – Aale gesehen? Glas – Aale sind diejenigen Jungtiere, die aus der Sargassosee kommen und sich hier bei uns in Flüssen und Bächen auf ihre Jugend vorbereiten.

Manch einer mag sich schon einmal gefragt haben, wie der Aal, der ja nun erst wenige Zentimeter lang ist. die Tour hier zu uns schafft. Schließlich ist die Sargassosee ja nun nicht unbedingt vor unserer Haustür, sondern vor der Küste Nordamerikas.

Die Sargassosee befindet sich im Zentrum von vier subtropisch-antizyklonalen Strömen. Diese vier Ströme, die die See begrenzen, sind der Golfstrom (im Westen), der Nordatlantische Strom (im Norden), der Kanarenstrom (im Osten) und der Nordäquatorialstrom (im Süden). Die Sargassosee ist reich an Sargassum, einem Seetang, nach dem die See benannt ist. Die Sargassosee gilt auch als Laichgebiet des Flussaals und des Amerikanischen Aals. In der Sargassosee liegen die Bermuda-Inseln.

Als winzig kleine Aal – Larven lassen sich diese Milliarden kleiner Lebewesen mit dem Golfstrom vor die europäische Küste treiben. Das allein kann schon bis zu drei Jahre dauern. Dann wandern diese kleinen durchsichtigen Gebilde in unsere Flüsse, die Bäche hoch bis hin die kleinsten Gräben. Erst dort im wirklich warmen Wasser bekommen sie nach einiger Zeit die dunkle Farbgebung. So weit das Wissenschaftliche!

Wenn ich einmal in meiner Schulzeit meinen Onkel, meine Tante und meinen Vetter Lothar in der „Großstadt" Oldenburg besuchte, machten wir, dass heißt Lothar und ich, den Stadtteil Wechloy unsicher. Dort am Drögen-Hasen-Weg war unser Reich. Ganz besonders gern mochten wir natürlich die Haaren, ein kleiner Fluss, der sich dort, aus dem Richtmoor kommend durch den Oldenburger Vorort Wechloy schlängelte.

Riesig breit war die Haaren damals, jedenfalls in unseren Augen. Heute könnt ich drüber lachen, schließlich ist der Blickwinkel nun ja auch ganz anders, denn mit genügendem Anlauf und einer langen Latte könnte man den „reißenden Fluss" in Höhe des „Drögen Hasen" glatt überspringen.

Mein Vetter Lothar (rechts) und ich vor dem alten „Fährkroog" in Dreibergen. Auch ihn, mit dem ich zusammen aufgewachsen bin und in ihm fast einen Bruder gesehen habe, habe ich in den siebziger Jahren durch einen Unfall verloren.

Angeln in der Haaren. Das war unser größtes Erlebnis. Aufregend, schließlich waren viele Leute dagegen, dass wir dort die Fische in „Massen" aus dem Bach holten.

Die größten Gegner waren die großen Jungs, die uns jeden Tag aufspürten, ganz gleich, wo wir uns aufhielten oder versteckten, dann Onkel Rulle vom Rehweg und natürlich die Polizei. Wir hatten ja erstens keinen Angelschein und zweitens haben wir die Polizei dort niemals zu sehen bekommen. Aber die „Großen" ärgerten uns immer damit.

„Passt bloß auf, wenn die Polizei kommt, die verhaftet euch und sperrt euch ein!", so sagten sie immer.

44

Unsere so genannten Angelruten bestanden aus Haselnuss-stöcken, knüppelkrumm, aber brauchbar. Daran befestigten wir eine dünne Angelsehne. Quatsch, ein dünnes Band wurde daran geknotet. Angelsehne, so etwas kannten wir damals gar nicht.

Das Tollste an der ganzen Sache war aber unser Angelhaken. Wir mopsten uns Stecknadeln aus Tante Christa´s Nähkasten, bogen diese zur Hälfte krumm, sodass das Ende wieder nach oben zeigte und steckten einen wunderschönen dicken und saftigen Regenwurm drauf.

Ach ja, die Würmer. Naja, also, die schönsten Würmer fanden wir natürlich im großen Rasen vor Onkels Haus. Ich weiß ja auch nicht warum, aber gerade dort waren sie zu finden. Mit einem großen Spaten gingen wir auf Würmersuche. Dementsprechend sah dann anschließend der Rasen aus. Ein Kartoffelacker hätte nicht schöner aussehen können. Übrigens, den Abend nach der Würmersuche werde ich in meinem Leben nicht vergessen. Onkel Herbert hat sich nämlich riesig gefreut, als er am Abend von der Arbeit nach Hause kam und seinen umgepflügten Rasen betrachtete.

Unsere supermoderne Hightech– Angelrute war fertig. So marschierten wir runter in Richtung Haaren und glaubt uns, mit diesem Ungetüm von Angel fingen wir sogar Fische.

Eines guten Tages in den großen Ferien meinte Lothar dann, wir als alte Fischköppe müssten nun doch mal auf Aalfang gehen. Und, - wir könnten ja mit kleinen Aalen anfangen. Na denn. Her mit dem Eimer und her mit Tante Christas Küchensieb. Also, ihr mögt es kaum glauben, aber die hat sich vielleicht so was von gefreut, als wir ihr dieses wunderschöne Sieb zurückbrachten. Einfach Wahnsinn. Das war Nr.2 der Ferientage, an dem wir mit Abzeichen auf unseren Hinterteil ins Bett mussten.

Dabei war dieser Tag ja wirklich toll und erfolgreich gewesen. Wir waren gleich nach dem Mittagessen mit unserem Gepäck bis zu „Krückeberg" gelaufen. Dort fließt nämlich ein etwas breiterer Graben, die Putthaaren, so circa eineinhalb bis zwei Meter breit, der dort hinter der Uni in die Haaren mündet.

Ein wunderschönes, aus hellem Kies bestehendes Bachbett, sodass wir die Glasaale auch gut sehen konnten. Am späten Nachmittag, bevor wir uns unsere „Auszeichnung" abholten, hatten wir Hunderte von Glasaalen gefangen. Stolz sind wir mit dieser Trophäe nach Hause gelaufen, um dann mit Befehl vom Onkel postwendend mitsamt Eimer und Glasaalen wieder kehrt zu machen und diese wieder dort auszusetzen, wo wir sie gefangen hatten. Schade!

Der schwarze Mann.

Unser Hasso, ein ausgedienter Polizeihund. Wenn er vor einem stand, hatte man es schon mit einer mächtigen Masse Hund zu tun. Fletschte er seine Zähne, so meinte man, er finge an zu lachen. Zuerst zitterten nur seine Lefzen. Schließlich zog er diese ganz nach oben. Dann war jedoch der Augenblick gekommen, ihm nicht mehr allzu nahe zu kommen. Fremde, die zu uns auf den Hof kamen, hatten allesamt schlechte Karten.

Somit war er allerdings für uns und für die nun ja wirklich einsame Gegend, in der wir hier wohnten, sehr gut brauchbar. Egal, ob nun Bekannte oder Freunde der Familie zu Besuch kamen, wenn Hasso eine dieser Personen nicht leiden mochte, zeigte er dieses durch sein Lachen.

Nicht, dass er unbedingt bellte, nein, nein, er ließ nur niemanden aus der Wohnung oder vom Hof, falls er sich draußen aufhielt. Auch wenn ihm sonst irgendetwas suspekt vorkam, ging er in Angriffsstel-lung. Das war ja bei der Polizei nicht anders gewesen.

Irgendwann war er für so etwas ja schließlich ausgebildet worden. War ihm etwas nicht geheuer, so ging er zum Angriff über. Ein Einbrecher hätte keine Chance gehabt.

So war es auch an diesem späten Herbstabend. Wir saßen alle am gedeckten Abendbrottisch und unterhielten uns. Aufgeschreckt wurden wir durch einen Grauen erregenden Schrei. Es folgte eine Schimpftirade, begleitet von Hilferufen. Wir stürzten allesamt vom Abendbrottisch hoch, wobei meine Mutter fast noch die Tischdecke herunter riss und rannten nach draußen.

Nichts war zu sehen. Dunkel war es, schließlich war es Herbstzeit. Gott sei Dank war neben dem Kellereingang, dieser war nur von außen zu erreichen, eine Lampe angebracht. Das hieß jedoch erst, die Kellertür zu öffnen. Also wieder rein ins Haus, den Schlüssel holen, die Tür öffnen, den Schalter suchen und....? Hurra! Fünfzehn Watt. Man musste ja Strom sparen! Klasse, eine wirklich tolle Funzel. Nun ja, besser als gar nichts! Sehen konnte man nichts!

Doch dann wieder das für uns erlösende, doch ziemlich leise klingende Rufen nach Hilfe. Dort hinter dem Haus musste etwas sein. Ein Einbrecher? Wir liefen weiter um die Ecke hin zum alten Wagenschuppen, wobei meine Mutter instinktiv nach dem Hunde rief. Doch der kam nicht, stattdessen nur ein Bellen, so als wolle er uns rufen. Er kläffte wie wild, so als wolle er auszudrücken: „Kommt her, ich habe hier etwas!"

Was wir zu sehen bekamen, war richtig enttäuschend. Der vermeintliche Einbrecher entpuppte sich als unser Nachbar, inmitten eines Sackes Eierkohlen auf der Erde liegend, den er gerade aus dem Schuppen geholt hatte. Oben drauf unser Hasso, der ihn wohl für einen Einbrecher gehalten hat und nun seine „Beute" mit Knurren und Bellen verteidigte. Lange mussten wir an diesem Abend noch lachen, allerdings erst, nachdem wir alleine waren.

Meine „Schulmeister".

So ganz wage kann ich mich noch an Lehrer Fricke erinnern. Ich habe ihn eigentlich aus meinem Gedächtnis gestrichen, denn mit ihm hatte ich einmal ein ganz schlimmes Erlebnis. Erinnern kann ich mich deshalb auch nur, weil er mir einmal einen Schlag auf die Finger gab. Böser Lehrer!

Er lief den ganzen Vormittag mit einem langen, schlanken Rohrstock durch die Klasse. Er drehte diesen Stock um seine Finger und spielte damit, sodass mir immer ganz schwindelig davon wurde, wenn ich dieses Gedrehe anschauen musste. Einmal stand er wieder vor der Klasse wie ein Zirkusdirektor und drehte seinen Stock direkt vor meinen Augen und ich sah nur noch Kreise vor mir.

Nun hatte er mich wohl gerade in diesem Augenblick etwas gefragt, nur war ich von seinem kreisenden Stock so hypnotisiert, dass die Frage durch mich hindurchgeflogen war. Rein weggetreten war ich. Da knallte es vor mir auf dem Tisch, so dass mir fast etwas in die Hose gegangen wäre. Einen so zu erschrecken!

„Aufstehen!"

Ich pellte mich aus der Bank und stellte mich vor ihm hin.

„Zeige mir deine Hände!"

Ich war auch noch so doof, dass ich ihm meine Hände entgegenstreckte. Im ersten Augenblick dachte ich dann auch, meine Finger fallen mir ab, so sehr schmerzte das. Vorne über die Fingerkuppen hatte er mir mit seinem Rohrstock einen Schlag rübergezogen.

Den ganzen Tag schmerzten mir die Finger. Feuerrot und angeschwollen sollte ich nun auch noch Hausaufgaben damit machen. Als ich nun meiner herzallerliebsten Mutter von der Strafe berichtete, wäre sie ja wohl fast aus der Haut gefahren. Mit Hausaufgabenmachen war es an diesem Tage nichts mehr. Liebe Mama!

Eine der Lehrerinnen, die ich in der Schule hatte, war Fräulein Knüpling. Sie wohnte im alten Lehrerfortbildungsheim in Dreibergen, welches ja heutzutage als Hotel umgebaut ist. Ganz oben unter dem Dach hatte sie ihre Studentenbude. Ab und zu habe ich sie dort besucht und zwar immer dann, wenn ich mal wieder etwas erfunden hatte und ihr das unbedingt zeigen musste.

Die erste, beste und gleichzeitig meine Lieblingslehrerin aber war Fräulein Hillmann, aber nur solange, bis ein gewisser Dyrik Reiners kam und sie heiratete. Danach folgte dann die Zeit mit Erwin Roeske, meinem Lieblingslehrer. Einmal jedoch habe ich ihn ganz, ganz doll geärgert, wofür ich mich noch heute entschuldigen müsste. Leider ist er in der Zwischenzeit verstorben.

Angestachelt zu dieser Untat, worüber ich äußerst ungern rede, weil ich hiermit meine Dummheit ans Tageslicht stelle und wer macht das schon gerne, wurde ich allerdings durch einen Mitschüler.

So sollten wir eines Tages im Musikunterricht das Lied singen: „Jetzt fahr'n wir über'n See, über'n See, jetzt fahr'n wir über'n....". Nun hatten mein Schulfreund und ich uns schon vorher abgesprochen, falls wir dieses Lied üben sollten, doch jedes Mal den zweiten Satz voll auszusingen, was laut Liedtext nicht sein sollte.

Nach drei Verwarnungen durch unseren Lehrer Roeske wurden wir nach vorne gerufen und hätten uns auf diesem Wege entschuldigen können. Da wir aber in unserer Dummheit gar nicht und überhaupt nicht einsahen, wofür wir uns entschuldigen sollten, mussten wir zur Strafe zwei Wochen vorne stehen. Gleich neben der Eingangstür standen wir. Dabei brauchten wir ab dem zweiten Tag keine Schulbücher mitzubringen, keine Hausaufgaben zu machen und waren vollkommen vom Unterricht ausgeschlossen.

Geändert hat sich diese Situation erst, als meine Mutter sich nach zwei Wochen wunderte, dass ich meine Schultasche zu Hause ließ. Dann musste ich ihr ja schließlich alles beichten. Leider war das Schlimme an der Geschichte, dass mein Lieblingslehrer Roeske mit dem Konrektor einen Riesenkrach und Ärger bekam. Und das durch unsere Dummheit!

Lehrer Roeske war stark gehandikapt durch eine Kriegsverletzung, man hatte ihm ein Bein amputiert. Also saß nun an der Stelle eine Prothese, was wir Kinder aber nicht wussten. Er humpelte wohl, aber wieso und weshalb, danach mochte keiner fragen.

Eine tragische Begebenheit mit ihm hat sich in diesem Zusammenhang noch in meinem Gedächtnis festgesetzt. Es war Herbst und draußen hatte es tagelang geregnet. Der Boden war schmierig und glatt. Nun hatte Lehrer Roeske Pausenaufsicht und wollte wohl vom Sportplatz auf den einige Zentimeter tiefer liegenden Schulplatz laufen. So jedenfalls habe ich es in meiner Erinnerung. Nun kam es, wie es kommen musste. Er rutschte aus und verlor dabei sein Holzbein, was zu der damaligen Zeit ja wirklich noch aus Holz angefertigt war. Nun war es auch noch mit einer Drehung aus dem Hosenbein gerutscht und lag neben ihm. Als ich dieses sah, blieb ich wie angewurzelt und schockiert stehen. Ich stand wie erstarrt auf dem Schulhof, denn ich hatte noch nie eine Prothese gesehen.

Der Lehrer, bei dem wir logischerweise am meisten gelernt haben, war allerdings Karl – Heinz Trapp. Wir hatten ihn in der achten und neunten Klasse und man muss unumwunden zugeben, dass er in unserer kleinen Volksschule Elmendorf den Unterrichtsstoff durchzog, der auch im Gymnasium Bad Zwischenahn die Stundenfächer füllte.

Ob nun Englisch oder Französisch an Fremdsprachen, ob Maschineschreiben, was nun damals wirklich nicht an der Tagesordnung in den Schulen war oder irgendeine Kunstrichtung wie Musik oder Malen, hier konnte man, wenn man nur wollte, alles erlernen und das war schön. Heutzutage bin ich den Lehrern dafür dankbar. Karl – Heinz Trapp und natürlich auch die anderen Lehrer an der Volksschule Elmendorf, unserer nach heutigen Gesichtspunkten und Maßstäben winzig kleinen Volksschule, haben mir und allen meinen Mitstreitern den

Start in eine Karriere und das Berufsleben aufgezeichnet und ermöglicht.

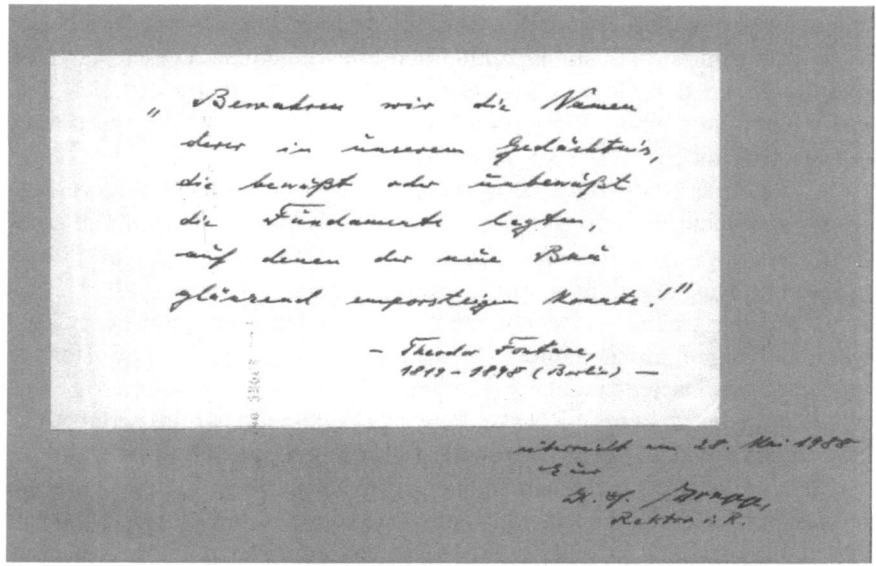

„Bewahren wir die Namen derer in unserem Gedächtnis, die bewusst oder unbewusst die Fundamente legten, auf denen der neue Bau glänzend emporsteigen konnte!"

Theodor Fontane 1819-1898 (Berlin)

überreicht am 28.Mai 1988

euer   K.H. Trapp   Rektor i.R.

Eine Widmung, die uns unser alter „Direx"   anlässlich eines Treffens 1988 als Begrüßung übergab und die ich seitdem beherzige.

Viele, oder besser gesagt, fast alle Schulabgänger dieser Schule sind heutzutage Geschäftsleute, Industriemanager, selbstständige Kaufleute oder Angestellte im gehobenen Dienst und alle haben ihren Weg gemacht. Das sehe ich als ein Verdienst dieser Schule an.

*****

Wie viel ist Zehn plus Acht?

Achtzehn, meint ihr? Nein, nein, weit gefehlt. Glaubt mir das ruhig! Es war so um das Jahr 1955. Genau weiß ich das nicht mehr, denn ich war ja damals noch klein und jung und Zahlen vergisst man manchmal. Bei dieser Geschichte tut das aber nichts zur Sache. Ich ging, wenn ich mich recht entsinne, in das zweite oder dritte Schuljahr der Volksschule Elmendorf.

Nun war das so circa Mitte August und wir mussten ein Theaterstück für unsere Schulfeier einstudieren, welche bei Marianne Wachtendorf im „Gesundbrunnen" in Helle stattfinden sollte.

Das Stück, übrigens ein Schwank von unserem unvergessenen August Hinrichs geschrieben, handelte von dem Bauernjungen Heini, der keine Lust auf die Schule hatte und dabei von seinem Vater kräftig unterstützt wurde. Und eben diesen Bauernjungen musste ich spielen, denn ich war damals noch so klein, dass für diese Rolle überhaupt kein anderer in Betracht kam.

Der Bauer in diesem Stück war mein Schulfreund Gerd Meyer aus Meyerhausen. Dieser war damals schon recht groß, jedenfalls in meinen Augen und spielte nun den Vater. Der Lehrer wurde gespielt von Johann Stamer. Das waren also die Hauptpersonen in diesem Stück und das ging so:

Der Schulmeister hatte sich zu Besuch auf dem Hof des Bauern angemeldet, weil eben der Sohn Heini in der Schule keineswegs aufzupassen gedachte und alle anderen Sachen im Kopf hatte. Alle drei saßen sie in der Küche und der Lehrer fing an zu schimpfen. Dass das so nicht weitergehen könne mit Heini, da müsse etwas passieren, ja nicht einmal rechnen könne der Junge, mit der Mathematik hapere es ganz gewaltig bei ihm.

Der Lehrer zeterte. Der Bauer wiegelte natürlich ab: „Das kann doch gar nicht sein, dass mein Heini nicht rechnen kann!"

Der Schulmeister hätte keine Ahnung, so warf der Bauer ihm vor.

„Das ist doch zum Mäusemelken", überlegte der Lehrer, „nun musst du doch dem Bauern erst zeigen, dass der Junge nicht rechnen kann."

„Heini, " sagte er, „wenn die eine Sau zehn und die andere Sau acht Ferkel hat, wie viele Ferkel sind das denn zusammen?"

„Sechzehn, Herr Lehrer!", kam es wie aus der Pistole geschossen.

Unsere „Neunte" bei einem Klassentreffen 1990 mit dem Klassenlehrer und Konrektor der Volksschule Elmendorf, Karl- Heinz Trapp vor dem „Gesundbrunnen" in Helle. Entgegen dem weit verbreiteten und irreführenden Glauben, nur auf einer höheren Schule könne man Karriere machen, beweist dieses Bild das Gegenteil. Viele der hier gezeigten Ex – Schüler dieser einfachen und ländlichen Volksschule sind entweder selbstständige Kaufleute, Geschäftsinhaber oder sogar im Management riesiger Weltfirmen zu finden.

„Sehen sie", sagte der Lehrer zum Bauern gerichtet, „habe ich ihnen denn nicht gesagt, dass der Junge nicht rechnen kann! Das sind doch achtzehn", sagte er nun mit einem Kopfnicken zu Heini.

„Nein", erwiderte Heini, „das weiß ich ganz genau, das sind nur sechzehn!"

Nun wurde der Lehrer nervös, steigerte die Lautstärke und drehte sich zum Bauern um.

„Hören sie das, hören sie das, ich sagte doch, der Junge kann nicht rechnen".

„Heini", sagte er wieder, „die eine Sau hat zehn und die andere Sau hat acht Ferkel, wie viele haben sie zusammen?"

„Sechzehn, Herr Lehrer!" Heini war sich keiner Schuld bewusst.

„Heini", sagte nun der Bauer, „wie viel sind zehn und acht?".

„Achtzehn!" posaunte Heini los. Der Lehrer war richtig durcheinander.

„Heini", rief er nun ganz außer sich, „die eine Sau hat acht und die andere Sau hat zehn Ferkel, wie viel sind das zusammen?".

„Sechzehn, Herr Lehrer!" Der musste sich erst einmal setzen, das war ihm doch zu viel.

„Heini, du bringst mich ganz durcheinander. Wie kommst du denn auf das Ergebnis?"

„Ganz einfach, Herr Lehrer, zwei Ferkel hat die eine Sau in der vergangenen Nacht platt gelegen!"

Der Applaus, der nun im Saal aufbrauste, war der erste Applaus in meinem Leben. Es sollten aber Gott sei Dank noch einige folgen, denn Applaus ist schön und tut der Seele gut.

Pastor Böhmen.

Wer kann sich noch an Pastor Böhmen erinnern? Ein ganz normaler Pastor, einen solchen Pastoren, wie jedes Kirchendorf ihn hat. Habt ihr so gedacht! Ha! Aber nicht Pastor Böhmen!

Ich hatte ihn ja eigentlich nur während meiner Katechismus- und Konfirmandenzeit, also 2 Jahre. Und trotz dieser relativ kurzen Zeit ist mir „unser Paster", wie wir ihn nannten, gut in Erinnerung geblieben.

St. Michael in Dreibergen war seine Heimat und unser, sprich wir Konfirmanden, Aufenthalt während dieser letzten Schuljahre. Ein Mal während der Woche mussten wir zum kirchlichen Unterricht. Gingen wir nicht dort hin, manchmal hatte man ja absolut keine Zeit, dann setzte es was.

Doch das war bei Pastor Böhmen gar nicht so einfach, denn er war durch eine Kriegsverletzung in seiner Bewegung eingeschränkt. Er hatte eine Beinprothese und konnte sich somit nicht so fortbewegen, wie es manchmal von Nöten gewesen wäre.

Und doch hatte er keine Schwierigkeiten, jemanden, - auch körperlich -, zu erreichen. Wen sollte er erreichen wollen, wird sich nun so mancher fragen. Uns Rabauken natürlich! Wir waren manchmal richtige Lauselümmel, die ab und zu einen Denkzettel benötigten. Dieser Denkzettel bestand dann aus einer Ohrfeige.

Anlass für meinen „Denkzettel" waren die Zehn Gebote. Die mussten wir büffeln für den Unterricht. Nun hatten wir Jungens aber besseres zu tun als diese dummen Sachen zu studieren.

So kam ich dann am nächsten Unterrichtstag mit dem Rad bei St. Michael in Dreibergen vorgefahren. Pastor Böhmen stand draußen und erwartete uns der Reihe nach. Ich stellte mein Rad an die Seite und wollte „Paster" begrüßen.

„Na, Egon, hast du denn die Zehn Gebote auch auswendig gelernt?"

Ich war so erstaunt und perplex über diese Frage, die ich gar nicht erwartet hatte, dass ich diese wahrheitsgemäß verneinte.

„Oh, bin ich bescheuert! Soviel Dummheit muss bestraft werden", dachte ich noch und sah die Hand gar nicht kommen.

Peng! Mir brannte die Wange!

Eine Woche drauf kannte ich die Elf Gebote!

Das elfte Gebot: Du sollst nicht immer unbedingt und überall die Wahrheit sagen.

Volltreffer!
oder
Bei Ovie geht das Licht aus.

Eigentlich mochte ich meinen Beruf gar nicht. Ich fing erst an, ihn zu lieben und etwas zu mögen, als ich ausgelernt hatte. Mein Beruf. Maler, Lackierer und Tapezierer hatte man mich lernen lassen. Drei Jahre harte Lehrzeit bedeutete das. Kapierte man irgendetwas nicht schnell genug, gab es welche hinter die Ohren und das nicht zu schlecht und fast täglich. Möchte aber betonen, dass ich meine drei Jahre ohne Schaden überstanden habe und dabei an so manchen Tagen noch habe lachen können, am meisten über den Meister, wenn der mal 'nen Bockmist verzapft hatte, natürlich aber ungewollt, denn ihr wisst ja:

§ 1 Der Meister macht nie Fehler.

§ 2 Sollte der Meister doch mal einen Fehler machen, so tritt automatisch § 1 in Kraft.

Irgendwann im Laufe dieser drei Jahre mussten wir einmal zur Fanilie Ovie nach Gristede. Ein großer Gutshof, außen streichen und innen tapezieren. War 'ne Menge Arbeit und hat 'ne ganze Zeit gedauert.

Draußen war schon alles fertig, als die Innenarbeiten begannen. Die Eingangshalle war noch zu machen, Decke streichen, Wände tapezieren und letztendlich Treppe und Fußboden streichen. Nun war das früher aber ja noch ein klein wenig anders mit dem Tapezieren als heutzutage. Nicht so wie heute wurde früher die Tapete nur bis fast an die Decke hoch geklebt. Auf dem Abschluss der Tapete wurde dann eine so genannte Zier- oder Tapetenleiste genagelt.

So machten wir es auch hier. Meister Johann nagelte diese Leisten mit schönen langen und feinen Stahlstiften an die Wand. Der andere Geselle, auch ein Johann und ältester Sohn des Meisters, lackierte derweil noch die Türen und ich war dabei, als Abschlussarbeit die Sockelleisten, man nennt sie auch Fußbodenleisten, zu lakkieren. Fertig. Die Arbeit war an diesem Hause beendet. Ich packte schon die ersten Sachen in den Anhänger, denn ich musste ja anschließend noch circa vier Kilometer mit dem voll beladenen Anhänger bis zur Werkstatt laufen. Der Meister und der Geselle, die beiden Johanns, fuhren natürlich mit dem Rad nach Hause.

Der nächste Morgen. Es herrschte helle Aufregung, als ich die Werkstatt betrat. Was denn los sei, wollte ich wissen. Ich bemühte mich, den Gesellen zu fragen, denn der Meister lief zwischen Werkstatt und Wohnung, wie von der Tarantel gestochen, hin und her.

Solche Anwandlungen hatte er schon mal des Öfteren und dann war es besser, ihn nicht anzusprechen, denn sonst gab es wieder welche hinter die Ohren, auch nur so ohne Grund.

„Weißt du was", sagte Geselle Johann, „der Alte hat Mist gebaut. Ovie's haben kein Licht. Er hat irgendwo 'nen Kurzen eingebaut. Außerdem haben gestern die Putzfrauen noch mit dem Feudel beim Saubermachen die Fußleisten demoliert. Die müssen zum Teil noch mal gestrichen werden."

Das hieß dann, die Sachen wieder in die Tasche, was nun ja nur Pinsel und Farbe hieß. Rauf auf das Rad und hinter dem Alten her hin nach Gristede. Der hatte 'nen ganz schönen Tritt drauf, sodass ich mit meinen kurzen Beinen richtig Mühe hatte, mit ihm mitzuhalten.

Dort bei Ovie angekommen, Pinsel und Farbe ausgepackt und sofort fing ich an, die Fußleisten noch einmal zu streichen, so weit die Farbe abgewischt worden war. Der große Meister hantierte derweil mit einer Schere, der Herrgott weiß wieso und markierte damit jeden Stahlstift, den er in die Tapetenleisten genagelt hatte.

Es konnte nur noch ein Stahlstift sein, der den Kurzschluss verursachte, denn alles andere hatte er schon durchgemessen und für gut befunden. Ich saß auf meinen Knien und war in Gedanken versunken, lächelte dabei meinen Pinsel an und dachte an das bevorstehende Wochenende, als plötzlich Meister´s Schere neben mir in der Fußleiste steckte.

Bingo! Meister Johann hatte den Kurzschluss geortet! Er stand oben auf der Leiter und zitterte. Und ich? Ich war kreidebleich. Es hätte ja schließlich auch schlimmer ausgehen können.

Nun endlich kam der große Zampano auf die glorreiche Idee, die Sicherungen rauszudrehen. Der vermaledeite Stahlstift wurde herausgezogen, die Sicherung wieder eingeschraubt und der Strom ging wieder seiner Wege.

Meine Fußleisten hatte ich in der Zwischenzeit auch schon „repariert" und damit war dann endlich …. Wochenende!

Der Führerschein.

1968. Das waren noch Zeiten. Man kann es sich fast nicht vorstellen, aber auch ich war ein so genannter „Achtundsechziger". Aber nicht so wie diese unzähligen Chaoten, die sich tage- und nächtelang Straßenschlachten mit der Polizei lieferten. Nein, nein, dazu hatte ich gar keine Zeit, denn ich hatte ja schon meine Herzallerliebste kennen- und lieben gelernt und spielte schon mit dem Gedanken des Heiratens.

Zu der Zeit war es allerdings noch so, dass erstens einmal die Lehre zu Ende gebracht werden musste und dann sollte ein Führerschein her. Anschließend wurde geheiratet. An dieser Reihenfolge hat sich allerdings bis zum heutigen Tage viel geändert. Denn heutzutage müssen erst einmal der Führerschein und ein Auto her, dann kommt die

Freundin. Mit dem Heiraten tut sich allerdings manch einer sehr schwer und die berufliche Lehre, die zu meiner Zeit noch an erster Stelle stand, wird heute so manches Mal gänzlich vergessen.

1967, also gut ein Jahr nach Beendigung meiner Lehre, begann ich mit der Beantragung des Führerscheines. Die Fahrpraxis, um ein Auto zu bewegen, holte ich mir allerdings schon etwas früher, denn schon ein halbes Jahr vorher kaufte ich mir mein erstes Auto, einen DKW Junior F 11. Mein ganzer Stolz.

Mit diesem blank polierten Gefährt fuhr ich nun durch die Gegend und, man kann es sich kaum vorstellen, dieses Ding lief sogar ohne diese blöde Fahrerlaubnis. Es fuhr mich hin, wohin ich wollte. Nach Oldenburg, nach Westerstede, Leer und Wilhelmshaven. Natürlich hatte ich meistens irgendwelche Kumpels dabei, denn zu zweit oder dritt macht das Fahren erheblich mehr Spaß.

Die Polizei, zur damaligen Zeit noch nicht so präsent, war für uns kein Hindernis. Ganz im Gegenteil, als wir eines Tages einmal die Tante meines Kumpels in Ocholt besuchen wollten und circa fünfhundert Meter vor unserem Ziel einen Polizisten an der Straße stehen sahen, juckte es uns in der Seele. Wir hielten und fragten den Polizisten nach der Adresse. Wie töricht!?

Zur Fahrschule fuhr ich selbstverständlich auch mit meinem Auto. Ich stellte meinen DKW auf dem gegenüber der Fahrschule liegenden Parkplatz an der Peterstraße in Bad Zwischenahn ab, ging über die Straße, stieg in das Fahrschulauto und drehte meine Runden. Nach nur vier Fahrstunden und zwölf Minuten Prüfzeit für die Klassen Eins und Drei hielt ich meinen Lappen in den Händen.

Komisch war nur, dass ich ab diesem Augenblick gar nicht mehr die rechte Lust auf's Autofahren verspürte. Der Reiz war einfach weg und verflogen. Selbstverständlich aber möchte ich heutzutage den jungen Menschen dringendst von diesem Gebaren abraten. In soweit haben sich nämlich die Zeiten gravierend verändert.

Als ich dann an diesem Tage aus der Hand des Prüfers auf dem TÜV – Gelände in Oldenburg meinen Führerschein entgegennahm, kamen schwierige Zeiten auf mich zu. Mein ganzer Stolz, mein DKW Junior F11 hatte in der Zwischenzeit nämlich das Zeitliche gesegnet und stand nun mit einem defekten Antrieb zu Hause.

Gott sei Dank aber hatte ich mit Heinz einen Fahrlehrer, der mir am gleichen Tage den Motorroller, mit dem ich nun gerade meine

Fahrerlaubnis Klasse Eins erworben hatte, für eine Tour zur Verfügung stellte. Am gleichen Abend saß ich mit meiner Herzallerliebsten als Sozius auf der Heinkel und fuhr nach Brake, denn mein erster Besuch bei den Schwiegereltern stand mir am Abend bevor.

Pflichtaufgabe gut gelöst!

Am späten Abend oder besser gesagt, in der Nacht ging es dann wieder retour. Noch ein paar Mal habe ich mir die Heinkel ausleihen können, bevor ich mir mein erstes „legales" Auto kaufte.

Tischler haben's schwer.

Der Beruf des Tischler- Gesellen oder Meisters ist ein ehrenwerter. Er ist anspruchsvoll und schwer und bedarf eines guten Auges für das Proportionale. Falls es jemand nicht wissen sollte, ein Tischler fertigt Möbel mit mehr oder minder schönem Aussehen. Selbstverständlich fertigt ein solcher Handwerksmeister aber auch Möbel für den letzten Umzug, den wir alle einmal machen müssen.

Einen solchen ehrenwerten Handwerksmeister gab es in früheren Jahren auch in Bad Zwischenahn. Ich nenne ihn hier der Ehre wegen einfach Horst. Sein Geschäft und die dazugehörige Werkstatt befanden sich damals mitten in Bad Zwischenahn.

Horst war ein Unikum. Einfach deshalb, weil er oft und das meist täglich mehrmals, dem Alkohol zusprach. Nach dem Motto: „Das bisschen, was wir essen, können wir auch trinken" und „ich trinke wenig, aber oft und dann viel" unterhielt er sich so manches Mal ganz reell mit dem hochprozentigen Fusel in der Flasche.

Er brauchte gar nicht einmal viele Worte, nein, manchmal genügte es, dass er einfach nur in die Flasche schaute. Dann sagte er zu deren Inhalt: Prost! Dabei guckte er mit einem Auge blinzelnd in die Flaschenöffnung, so als warte er auf eine Erwiderung. Diese bestand aber meist nur aus einem Glucksen, wenn er die Flasche abstellte.

Ganz besonders oft gluckste es in der Flasche an solchen Tagen, wenn Horst ein gutes Geschäft getätigt hatte. Und das kam häufig vor, denn auch schon damals wurde in Bad Zwischenahn gestorben und da Horst mit seinen Särgen zu der damaligen Zeit noch eine

Monopolstellung innehatte, ging es mit dem Alkoholumsatz gut nach oben.

Oft genug kam es vor, dass er dann nach reichlichem Genuss des leckeren Saftes den Weg nach Hause nicht mehr finden konnte. Mit der Drehung unserer wunderschönen Welt waren so manches Mal auch die Straßen durcheinander geraten. So mancher Weg fehlte dann einfach auf der Landkarte oder war ganz plötzlich verloren gegangen.

Das machte Horst allerdings überhaupt nichts aus. Er schlief dann eben zugedeckt mit einer Zeitung auf einer Parkbank. Diese hatten bei ihm sowieso allesamt einen Namen und mit jeder war er per du.

Eines Tages kam Horst bei uns zu Hause mit einem Taxi vorfahren. Hamburger Kennzeichen. Natürlich, weil wir ja wie alle Menschen auch, neugierig waren, schauten wir aus dem Fenster und sahen ihn aus diesem schwarzen Mercedes aussteigen. Geradewegs kam er auf unsere Wohnung zugesteuert und klopfte an der Tür. Bei ihm wäre keiner zu Hause, seine Frau hätte die Schlüssel mitgenommen und so könne er nicht in die Wohnung, erzählte er.

Dann bei einer Tasse Tee schilderte er uns, oder vielmehr nur meiner Mutter, denn ich durfte eigentlich gar nicht mithören, seine Geschichte mit dem Hamburger Taxi.

Er hatte wieder mal ein äußerst gutes Geschäft getätigt, berichtete er und nun war es zu der damaligen Zeit ja noch üblich, dass viele Geschäfte in Bar abgeschlossen wurden. So auch hier. Horst hatte kassiert und nun brannte es, dieses Geld. Es brannte so fürchterlich in seinen Händen, dass er sich entschloss, diesen großen Betrag umgehend auf St. Pauli zu verjubeln.

Die Hin- Tour machte Kino Willi, Bad Zwischenahns einzige Taxivertretung zur damaligen Zeit. Ein lohnendes Geschäft. Die Rücktour machte am übernächsten Tag, wie schon erwähnt, das Hamburger Taxi. Auch für dieses war das ein lohnendes Geschäft. Und letztendlich auch nicht zu vergessen die vielen Damen auf St. Pauli, die hierbei ihren Part abbekommen hatten.

Viele Monate waren seit diesem Tage ins Land gegangen und es war nun mit Horst so weit gekommen, dass er von seinem Hausarzt den guten Rat bekam, doch mal eine Alkohol – Entwöhnungskur zu machen. Schweren Herzens nahm er diesen gut gemeinten Rat an und begab sich eines Tages in die Kur nach Wehnen in die Entzugsanstalt.

Sechs lange Wochen, in denen die Therapeuten versuchten, ihm das Trinken abzugewöhnen. Was jedoch gar nicht so einfach war, denn Horst´s zweiter Leitspruch war: Ich sauf so viel, damit´s beim Schei.... nicht so staubt.

1910: Die Gastwirtschaft und Bäckerei Müller, heute die Gaststätte und Ausflugslokal „Zum Gesundbrunnen" in Helle.   Bild: Marianne Wachtendorf, Helle und Johann Lehmann, Gristede

Nach sechs Wochen war es dann so weit. Horst packte seine Siebensachen, verabschiedete sich von den Ärzten und Therapeuten und stieg in den Postbus, der damals noch den Liniendienst der Personenbeförderung durchführte. Einsteigen konnte Horst direkt vor dem Krankenhaus Wehnen. Aussteigen, und das war das fatale, musste er direkt vor der Dorfkneipe „Zum Gesundbrunnen" bei Wachtendorf´s Died in Helle.

Es war so kurz nach Mittag, als er in Helle ankam. Zur gleichen Zeit hatten wir die Schule beendet und mein Freund Bernd und ich machten uns auf den Heimweg, welcher uns auch an dieser besagten Kneipe vorbeiführte. Kurz vor uns hielt der Postbus und wir sahen Horst aussteigen. Der Bus setzte sich wieder in Bewegung und röhrte mich dröhnendem Auspuff in Richtung Westerstede davon.

Horst lief mit seiner Tasche direkt vor uns. Nur neun bis zehn Meter trennten uns voneinander. Irgendetwas murmelte er. Er sagte etwas, was wir allerdings so auf Anhieb nicht verstehen konnten. Nun waren wir schon bei der Einfahrt zu Osmers Hof angekommen, also schon ein gutes Stück in Richtung Zuhause. Das Gemurmel vor uns wurde lauter und endlich konnten wir es entziffern.

„Herz bleib stark, Herz bleib stark", hörten wir ihn immer und immer wieder sagen. Bernd und ich schauten uns an, weil wir nichts mit diesen Worten anzufangen wussten.

„Herz bleib stark, Herz bleib stark". Immer und immer wieder hörten wir diese Worte. Schon war Hedemanns Hof vorbei, als Horst plötzlich still stehen blieb, mit dem rechten Fuß einmal forsch aufstampfte, eine Drehung nur vom Feinsten hinlegte und ganz laut sagte: „Herz, weil du so stark warst, drehen wir nun um und nehmen uns einen!" Erst viel, viel später haben wir Kinder den Sinn dieser Worte erfasst. Sechs verdammt lange Wochen ohne Alkohol waren eben eine harte Strafe, die auch ein Mann wie Horst nicht so ohne weiteres hinnehmen konnte.

Zwei Laternen in der Dunkelheit

Horst fuhr eine Vicky 3, ein Victoria – Kleinkraftrad, mit dem er täglich, so gut es ging und wenn möglich, von Helle nach Bad Zwischenahn hin und her fuhr. Nach der Entwöhnungskur in Wehnen war es eher noch schlimmer geworden mit dem „Flaschenglucksen". Man hätte meinen können, er müsse alles in den sechs Wochen Versäumte nachholen. Na ja, drei Wochen hatte er bestimmt schon am ersten Tage wieder drin nach diesem vermaledeiten Kneipenbesuch in Wachtendorfs „Gesundbrunnen".

Eines Tages einmal hatte Horst mal wieder richtig getankt und wollte nach Feierabend gegen zwanzig Uhr nach Hause fahren. Dabei musste er unter anderem auch am Bundeswehrlazarett vorbei, welches damals in den fünfziger Jahren noch von den Tommys (Engländer) verwaltet wurde.

Es war schon dunkel, als er mit seinem Moped die einsame Strecke befuhr. Genau vor der Einfahrt zum Lazarett passierte aber das, was einmal kommen musste. Horst prallte frontal mit einem Auto zusammen, welches auf das Gelände des Lazaretts einfahren wollte, aber nun warten musste, weil Horst mit seinem Moped von vorne kam.

Das Wesentliche erfuhr man anschließend von Horst selbst. Mit seinem trüben Blick hatte er nur noch zwei Lampen vor sich ge-sehen und gedacht, dass es sicherlich gut wäre, wenn man mitten hin-durch fährt. Nach dem Motto, Augen zu und durch knallte er auf den Lloyd – Alexander, der mit einer großen Delle und einer zerbrochenen Windschutzscheibe in die Werkstatt geschleppt wurde. Horst wurde ohne große Umwege in das direkt vor ihm liegende Krankenhaus eingeliefert.

Das war zu früh!

Wenn Horst mal so richtig „getankt" hatte, war es für ihn gar nicht so einfach, die richtige Richtung einzuhalten. Die alte Vicki 3 wollte dann partout nicht dorthin, wo er gerne hin wollte. Dann konnte es auch passieren, dass Horst den Kampf Moped gegen Mann aufgab und seine Vicki einfach laufen ließ.

So war es ihm einmal passiert, dass er, aus Richtung Bad Zwischenahn kommend, schon richtig nach rechts abgebogen war, dann aber hatte er sofort wieder nach nur hundertfünfzig Meter das Moped nach rechts gelenkt. Wasserader?! Nur war dort an der rechten Seite neben der Straße weder Fahrbahn noch Radweg, sondern ein circa einmeterfünfzig tiefer Graben, der zu der Zeit fast nur mit altem Brackwasser, welches von den Hausanschlüssen hereingespült wurde, gefüllt war. Dieses Wasser stank bestialisch. Gott sei Dank wurde die-ser Vorfall von einem dortigen Anwohner beobachtet. Der zog Horst im wahrsten Sinne des Wortes an den Haaren aus diesem Schlick.

Ein ähnlicher Vorfall ereignete sich dann einige Zeit später an der Einfahrt zu seinem Wohnhaus. Direkt bis an die Einfahrt heran war ein recht breiter und tiefer Graben, der nun in der Herbst- und Regen-zeit bis oben hin mit Wasser gefüllt war. Im Gegensatz zum Graben in Elmendorf war dieses aber ein reiner Entwässerungsgraben. Auch dort hatte Horst mit viel Schwung die Einfahrt nicht geschafft und war, nachdem das Moped an der Einfahrt durch das Abbremsen fast zum

Stillstand gekommen war, einfach nach rechts in den Graben gekippt. Auch dort war es übrigens ein Nachbar, der diesen „Unfall" gesehen und miterlebt hat. Er rettete Horst vor dem Ertrinken.

Auf die Frage, warum er denn in dem Graben gelandet sein, antwortete er: „Entweder war der Gaben zu lang oder das Abbiegen etwas zu früh!"

Zum ersten Mal im Kino.

Noch recht gut kann ich mich an meinen ersten Kinobesuch in Bad Zwischenahn erinnern. An der Stelle, wo heute das Hochhaus an der Peterstraße steht, war in früheren Zeiten einmal ein Kino untergebracht. Das Kurtheater.

Selbstverständlich und man mag es fast nicht glauben, gab es aber Ende der Fünfziger bis in die sechziger Jahre hinein sogar ein weiteres Filmtheater in der Gemeinde Zwischenahn, denn auch in Elmendorf im Saal von Zur Loye gleich neben dem Spar – Geschäft Warnken war eines zu finden.

Wenn wir dann in der Woche, meistens morgens während der Schulzeit in der „Großen Pause" zu „Onkel Warnken" gingen, um für zehn Pfennig Sahnebonbons zu kaufen, standen wir unweigerlich auch vor dem Schaukasten und starrten auf die großen bunten Plakate, die den neuen Film ankündigten.

Die neueren Filme liefen aber meistens in Bad Zwischenahn im „Kurtheater", und so entschlossen wir Kinder uns doch manchmal schweren Herzens, den weiteren Weg in den Kurort in Kauf zu nehmen.

Gelohnt hat sich das aber jedes Mal, denn für mich war das Kino einfach der Nabel der Welt. In ihm bekam ich in den Vorfilmen Dinge zu sehen, von denen ich nicht einmal zu hoffen wagte. Fox – tönende Wochenschau. Für mich ein Erlebnis vor dem Ereignis. So empfand ich dann auch so manches Mal den Vorfilm und die Wochenschau viel, viel spannender als den Hauptfilm.

Wenn man sich allerdings nicht sputete und auch nur etwas zu spät zur Vorstellung kam, konnte es wirklich passieren, dass man dann nur noch auf dem so genannten „Schleudersitz" in der ersten Reihe Platz nehmen konnte, denn alle anderen Plätze waren ausverkauft. Oft genug kam es auch vor, dass zusätzliche Stühle seitlich in den Saal gestellt wurden, damit alle einen Platz fanden. Heute in einem kleinen Kino unvorstellbar!

Das waren noch Zeiten. Wer dachte auch schon damals an das Fernsehen. Natürlich gab es den Begriff schon, nur wer konnte sich solch ein Monstrum von Flimmerkiste denn schon leisten. Es waren ganz, ganz wenige, die einen Fernseher ihr Eigen nennen konnten.

„Ammerländer Hof"   Bad Zwischenahn i. O.

Der „Ammerländer Hof" an der Peterstraße in Bad Zwischenahn. In dem Anbau auf der linken Seite war in früheren Jahren das „Kurtheater" untergebracht. Auf der rechten Seite war bis zum Abriss des Hauses das Eiscafe Musa, wo wir Jungen uns nach dem spannenden Wildwest –Film ein Eis für einen Groschen holten.   Bild: H. Herzog

So hatte man dann zum Ausgleich das Filmtheater, welches einem so manch spektakuläre Aktion zeigte. Ganz fiebrig konnte man es dann auch nicht mehr erwarten, bis man am Sonntagnachmittag den spannenden Western zu sehen bekam. Billy the Kid, Billy Jenkins, Tom Mix und wie die ganzen Revolverhelden sonst noch hießen, alles wurde angesehen.

Natürlich war das für uns alles Realität, was dort auf der Leinwand flimmerte. Jede Menge Gangster wurden erschossen. Alles Böse

64

wurde vernichtet. Jeder Sheriff wurde hier zum Held, wenn er nur einen dieser bösen Banditen abknallte.

Man fieberte mit, wenn eine vollbesetzte Postkutsche durch das staubige Tal donnerte und der Kutscher ahnungslos in sein Verderben fuhr. Wir wussten ja schließlich, dass hinter dem nächsten Felsen eine ganze Diebesbande kauerte und lauerte, die es nur auf den Goldschatz, den ja schließlich jede Kutsche transportierte, abgesehen hatte.

Natürlich musste der Kutscher als Erster sein Leben lassen, aber auch der eine oder andere Mitreisende musste dran glauben. Frauen in einer Kutsche waren dann fast immer die Geiseln und wurden verschleppt. Verdammt. Und wir konnten nicht helfen.

Selbstverständlich waren damals nur die Indianer die Schlechten, die gehörten einfach abgemurkst. Imponiert haben sie mir aber schon, die Kämpfer wie Cheyenne, Adlerauge oder Chatonga, der stolze Sioux .

Alles wurde so realistisch gezeigt, dass wir Kinder glaubten, es wäre echt, was in einem solchen Streifen gezeigt wurde. So entfachten diese Aufnahmen auch gleich anschließend bei und in uns mächtige Wortgefechte und Gefühle. Komisch war es manchmal nur, wenn ein Bandit, der doch erst am vergangenen Sonntag ums Leben kam, wir hatten es doch schließlich mit eigenen Augen gesehen, heute schon wieder eine Bank überfiel. Wie konnte das bloß sein?

„Zähle bis drei und bete" und „Zwölf Uhr Mittags" mit Gary Grant in der Hauptrolle waren die ersten Western und Filme überhaupt, die ich mir im Kurtheater in Bad Zwischenahn ansehen konnte. Fünfzig Pfennig bekamen wir von Muttern in die Hand gedrückt. Dreißig Pfennig für den Eintritt und zehn Pfennig für ein Eis bei Musa. Das musste sein. Der letzte Groschen war dann für den Rest der Woche, zum Beispiel für eine neue Stange Sahnebonbon bei „Onkel Warnken".

Das war also für uns der Sonntag. Oft genug bestanden dann aber die restlichen Tage einer Woche bis zum nächsten Samstag aus Cowboy- und Indianerspielen. Ganz besonders gerne habe ich mir im Laufe meiner Kindheit fast alle so genannten Fuzzi – Filme angesehen, denn in diesen Filmen siegte Gott sei Dank immer das Gute und außerdem gab es jedes Mal eine ganz Menge zum Lachen.

*****

Kramermarkt in Oldenburg
oder
Wie verdient man Geld?

In meiner Kindheit und Jugendzeit gab es nichts schöneres, als im Oktober den Kramermarkt in Oldenburg zu besuchen. Logischerweise bekam man von Mama oder Papa für dieses Ereignis ein oder zwei Mark geschenkt, aber so ab dem zehnten Lebensjahr verdiente ich mir das Geld bei den umliegenden Bauern auf dem Feld.

Das hieß im Herbst zur Erntezeit entweder in die Rüben oder Kartoffeln. Pünktlich zur Erntezeit standen die Bauern vor der Schule und warben Arbeitskräfte an. Das stelle man sich heutzutage einmal vor. Undenkbar.

Jeder, der Lust und Zeit hatte und das Geld gebrauchen konnte, meldete sich und der suchende Bauer tippte dann auf die infrage kommenden Kinder. Fast durchgehend war ich mit dabei, denn arbeiten hatte ich schon zu Hause gelernt.

Der Tagesablauf zur Erntezeit war dann auch voll gepackt mit reeller Arbeit. Morgens zur Schule, ab ein Uhr nachmittags beim Bauern je nach Bedarf bis abends um fünf oder sechs, dann nach Hause zum Essen, Hausaufgaben für die Schule machen und ab ins Bett. An etwas anderes war dann auch gar nicht mehr zu denken. Man war nämlich müde, wenn man das alles geschafft hatte und fiel wie tot ins Bett.

Am nächsten Morgen begann das gleiche Spiel von vorn. So ging das ein paar Wochen lang. Eben so lange, bis die Ernte eingebracht war. Da konnte man nicht sagen: „Heut hab ich keine Zeit". Nein, nein, wer so anfing, war gleich weg vom Fenster und konnte kein Geld verdienen. Es gab nämlich für einen ganzen Nachmittag oder vielmehr für fünf ganze Stunden tatsächlich zwei Mark und fünfzig Pfennig. Das war für mich eine ganze Menge Geld und somit brauchte ich auch meine Eltern nicht anzupumpen.

Irgendwann natürlich, als ich so etwa zwölf Jahre alt war, gab es dann auch schon pro Stunde das Doppelte, also eine ganze Mark. Man stell´ sich das einmal vor, fünf Mark Reinverdienst für einen ganzen Nachmittag. Das waren Zeiten!!! Und so hießen früher die Herbstferien auch nicht Herbstferien, sondern ganz einfach Kartoffelferien.

Rüben ziehen. Da nahm man zwei oder drei Reihen in einem Gang durch, zog die Rüben heraus, trennte mit einem langen, scharfen Messer und einem schlanken Schnitt das Blattgrün von der Frucht, aber so, dass die Frucht auf einen Haufen fiel. Das Grün warf man dann auf einen anderen Haufen. Hatte man dann mit viel Rückenschmerzen und ziehenden Muskeln die Reihe endlich durch, folgte dem Rübenhaufen ein Haufen Grün, wieder ein Rübenhaufen, wieder Grün und so weiter. Eine mühsame Sache, nach dem man seinen Rücken am Abend mit den Augen begrüßen konnte, so krumm war dieser von der Arbeit.

Das waren dann schon ein erheblicher Fortschritt, ein Trecker und ein Selbstbinder. Aber auch hiermit dauerte es mehrere Tage, die echte Zeiteinsparung kam für die Bauern erst mit der Erfindung des Mähdreschers.   Bild: Dyrik Reiners

Schlimmer aber war die Kartoffelernte. Mit Schwung fuhr der Kartoffel - Wurfroder durch die Reihen, sodass die hellen Knollen zwischen zwei bis vier Meter Breite auf dem Acker verteilt lagen.

Mit Drahtkörben bewaffnet, liefen wir dann hinter dem Roder her, sammelten die Kartoffeln auf und verbrachten sie in eine Wippe, die in einiger Entfernung stand. Dabei musste man sich beeilen, denn der Bauer auf seinem Trecker gab das Tempo vor.

Einfacher für uns war die Sache, wenn der Bauer einen Reihen-Ernter hatte, so dass die Knollen in einer Reihe vor uns lagen. Wir konnten durch die Reihen kriechen, um dann aber mit dem vollen Korb aus dem krummen Rücken heraus aufzustehen. Dieses ging aber unheimlich in die Beine und den Rücken.

Einfacher dagegen war das Kornmähen. Zwar hatte ich mit meiner Körpergröße ganz schön zu tun, um eine solch große Sense zu dirigieren, aber mit etwas Übung klappte es ganz gut. Hiermit mussten nämlich bei jedem Kornfeld die Ecken und die Kopfreihen gemäht werden, damit die Mähmaschine einen Anfang hatte. Mit den ersten Selbstbindern, die dann auf den Markt kamen, war diese Sache immer noch nicht ausgeräumt. Das änderte sich erst mit der Erfindung der Mähdrescher.

So wurde derzeit das Korn auch noch mit der Hand gebunden, dass heißt, man nahm mit beiden Händen einen Arm voll von dem frisch gemähten Korn, bündelte dieses, zog sich ein paar Halme heraus, wickelte diese als Band um die Garbe und verknotete sie. Anschließend wurden die Garben in Hocken zusammengestellt. Diese blieben solange stehen, bis die Halme genügend getrocknet waren. Dann wurden sie zum Dreschen auf den Hof gefahren.

Mit einer großen Dreschmaschine, deren Dreschwerk mit einem breiten und langen Riemen von einem Trecker, meist einem Lanz Bulldog oder einem Hanomag, angetrieben wurde, warf man die Korngarben Stück für Stück nach oben auf die Dreschmaschine.

Dort oben auf der schwankenden Dreschmaschine stand dann ein Mann, der die Garben öffnete und alles in den Schlund der Maschine warf. Unten fiel dann das gedroschene Stroh auf den Boden. Das Korn rieselte aus einer kleinen Öffnung, einer Schüttung, welche seitlich an der Maschine war, gleich in Jutesäcke.

Wer nur einmal das unverschämte Glück hatte, auch nur einen einzigen Dreschtag mitzuerleben und sich dabei zu betätigen, weiß, was das für eine Hundearbeit war. Ich weiß es! Ich habe oft genug unterhalb einer Dreschmaschine gestanden, eben dort hinten, wo das gedroschene Stroh heraus fiel. Bewaffnet mit einer großen Harke musste ich dann das herunterfallende Stroh beiseite harken und wegschaffen. Eine tolle Arbeit, nach der man am Abend aussah wie ein Streuselkuchen, und zwar am gesamten Körper.

Ganz toll war dann nach solch schweren Arbeiten mein Gefühl, wenn endlich in Oldenburg der von mir lang ersehnte Kramermarkt anfing, denn auch schon damals brauchte man Geld, wenn man ein solches Fest besuchen wollte. Doch nun gab es hier für mich einen gravierenden Unterschied: ich hatte mein Geld mit meinen eigenen Händen schwer verdient!

Eine schweißtreibende Sache war in alten Zeiten das Dreschen. Was mir persönlich aber an diesem Bild am meisten imponiert hat ist die außergewöhnliche Qualität dieser im Jahre 1908 auf dem Hof von Lüers in Elmendorf gemachten Aufnahme.   Bild: Lüers

Meistens so Ende September bis Anfang Oktober eine ganze Woche lang Kramermarkt. Schießbuden, Losbuden, Würstchen, Berliner, Luftballons, Tuten, Tröten und viele, viele andere schöne Dinge, die mein Herz erfreuten.

Da gab es zum Beispiel Sachen wie das Kettenkarussell oder die Schiffschaukel. Ganz toll fand ich zum Beispiel immer diese Gauklerbuden, auf deren Bühne vielfach Zauberer, Messer- und sogar Feuerschlucker auftraten. Oft gab es dann auch Fahrgeschäfte, in denen kleine Autos oder Motorräder fuhren, allesamt auf Schienen. Das war vielleicht ein Erlebnis, kann ich euch sagen.

Für etwaige Sachen wie Cityjet, Break – Dancer, Riesenrad, Doppel-Looping oder wie die heutigen Showgeschäfte alle heißen, wäre überhaupt kein Platz gewesen, denn der Kramermarkt fand damals noch auf dem relativ kleinen Pferdemarkt mitten in der Stadt statt.

Ein weiteres unvergessliches Erlebnis war bei jedem Kramermarktbesuch der obligatorische Gang mit den Eltern zum Pferdeschlachter Spiekermann in der Kurwickstraße. Dort gab es dann für jeden eine Rossbratwurst. Diese habe ich so lange Jahre bis zu dem Zeitpunkt gegessen, bis ich endlich wusste, von welchem Fleisch die Wurst hergestellt wurde.

Originale.

Es gab in früheren Jahren mitten in Bad Zwischenahn die alteingesessene Maschinenfabrik Bruns. Misch- und Mahlgänge, Tabakmaschinen für die Zigarettenfertigung, Kippvorrichtungen und Landmaschinen - Anhänger waren einige Dinge, die in dieser Fabrik hier mitten im Kurort hergestellt wurden.

 Genau an der Stelle, wo heute das große Schwimmbecken des Freibades am Badepark gebaut ist, stand früher die Lackiererei und eben dort war ich beschäftigt. Dort standen wir von früh morgens bis spät abends, manchmal auch nachts, um all diesen Sachen den letzten Schliff, sprich Lack, zu geben.

Vier gelernte und sechs ungelernte Lackierer, von denen aber einige durchaus auch das Handwerk des Lackierens verstanden. Die Ältesten in unserer Truppe waren dabei Heinold, den wir aber immer nur Opa riefen, (wer weiß, vielleicht war er der Gesichtsälteste?) und Fiet. Pfundskerle, kann ich euch sagen. Mit den Beiden wie mit allen Anderen ging man durch dick und dünn. Bei uns herrschte das Genossenschafts- Thema: Einer für Alle, alle für Einen! Ja, so etwas gab es noch!

Manchmal, ich jedenfalls habe es ganz oft, geht man auf einen fremden Menschen zu, plötzlich sagt es Klick, es springt ein Funke über und man hat dann zu diesem eben noch fremden Menschen einen superguten Draht, ein supertolles Verhältnis.

Einen solchen besonderen Freund hatte ich auch in „Gippi". Er hieß mit richtigem Namen Bahkir Aslan und war ein türkischer Landsmann. Ein Kumpel, mit dem man Pferde stehlen kann, wie man auf gut Deutsch sagt.

Er war als Lackierarbeiter bei Bruns angestellt, war also für alle vorbereitenden Arbeiten zuständig, jedoch lackierte er die ihm zugewiesenen Arbeiten nicht einen Deut schlechter als wir „Gelernten".

Vom ersten Augenblick an hatte ich zu ihm diesen so genannten tollen „Superdraht". Gute wie auch schlechte Stunden und Tage, er teilte mit jedem. Umgekehrt war's aber genau so. Auf die Frage hin: „Wer kann heute noch 'ne Stunde dranhängen" war er einer der ersten, die sich meldeten. Nicht, weil er das Geld gut gebrauchen konnte, nein, es ging ihm wie auch jedem anderen um den Zusammenhalt der Truppe.

Eine Sache mit ihm, unsere gemeinsame Bruns – Zeit ist nun ja schon über 30 Jahre her, also Anfang bis Mitte der Siebziger, ist mir besonders gut im Gedächtnis haften geblieben.

Er wohnte damals an der „Lange Straße" im Hause von Schneidermeister Wolf. Anfangs allein in zwei Zimmern, als er aus der Türkei hier nach Deutschland kam. Zwei Jahre später kam auch seine Frau hierher. Die beiden Kinder blieben allerdings bei den Großeltern in Istanbul, für die war hier im reinen „Arbeitsspiel" der beiden einfach kein Platz, denn auch Bahkir´s Frau ging arbeiten. Schuften, schuften, und nochmals schuften, um sich in der Türkei eine Existenz aufbauen zu können. Das war das große Ziel der beiden.

Das bei solchen Zielen irgendetwas auf der Strecke bleibt, vielleicht sogar bleiben muss, erfuhr Bahkir, als er nach drei Jahren zum ersten Mal wieder zusammen mit seiner Frau nach Istanbul flog, um seine Heimat, seine Eltern und seine Kinder wieder zu sehen.

Manchmal ist die Erwartung nach einer solch langen Zeit ziemlich hoch, die Enttäuschung dagegen umso tiefer. Denn es waren die Kinder der Beiden, die nun nach dieser Zeit verständlicherweise ihre Eltern nicht mehr als diese anerkannten.

Tief in der Seele getroffen erschien Bahkir nach diesem Urlaub wieder in der Firma. Man konnte ihm ansehen, dass irgendetwas nicht stimmte. Sofort nach Arbeitsbeginn bin ich dann zu ihm in die Lackierkabine gegangen. Ich fand ihn dort weinend in der Ecke sitzen! Nachdem er sich gefangen hatte, erzählte er mir dann von seinen

Sorgen und den bewegenden Erlebnissen. Auch mich hat diese Geschichte mitgenommen und berührt. Er war schließlich mein Arbeitskollege.

Leider habe ich ihn nach unserer gemeinsamen „Bruns´schen Zeit", die Firma ging kurz nach meinem Ausscheiden in Konkurs, nicht wieder gesehen. Trotz intensiver Suche weiß ich nicht, wo er abgeblieben ist. Schade! Selbst das türkische Konsulat konnte mir in diesem Fall nicht helfen.

Insgesamt waren wir eine Supertruppe, mit einem Verständnis untereinander, welches man woanders suchen muss. Somit hatten wir ein sehr gutes Arbeitsklima, welches wir uns auch von nichts und niemandem nehmen und zerstören ließen, obwohl natürlich genügend Versuche unternommen wurden. Als diese Kräfte dann aber im Laufe der Zeit sahen, dass ihre Giftpfeile ins Leere flogen, gab man diese Versuche auf.

Ein Grund für diesen festen Zusammenhalt war eventuell die Tatsache, dass der eine wirklich für den anderen eintrat und, - dass wir alle einen Spitznamen hatten, bis hin zum Meister! Wenn sich bei uns ein Neuer vorstellte, dauerte es längstens dreißig Sekunden, dann hatte der seinen Spitznamen weg. So arbeiteten hier z.B. Tomi, Tilli, Knükelkopp, Rott, Kösel und viele andere.

Bei mir war es so gewesen, dass ich am ersten Tag in die Tür hereinspazierte, mich bei Meister Fritz Siegmund vorstellte und dann zu meinen neuen Kollegen ging, die noch vor Arbeitsbeginn alle in einer Ecke der großen Halle zusammen saßen. Während dieser Strecke von ca. zwanzig Metern durch die Halle hieß ich Ho-Tschi. Ausschlaggebend dafür war mein damaliger Bartwuchs. Mit meinem richtigen Vornamen bin ich, wie alle die anderen auch, nie angesprochen worden.

Opa Heino war derjenige, über den man am meisten lachen konnte. Gab es auch nur eine einzige Möglichkeit, jemandem einen kleinen oder auch größeren Streich zu spielen, so war er als erster zur Stelle. Ein paar dieser Streiche habe ich nun ja für dieses Buch „aufgehoben", es wäre nämlich einfach zu schade, wenn diese für die Nachwelt verloren gingen.

*****

72

Willi und die Anti – Geruchspillen.

Es gibt Menschen, die man nie vergisst. Bei mir ist es „Opa" Heinold. Ein ganz einfacher Mensch und doch einmalig. Unvergesslich ist er, weil er mir in der Zeit unserer Zusammenarbeit so viel Quatsch, Klamauk und Blödsinn beigebracht hat, dass ich noch heute, wenn ich nur an ihn denke, anfangen muss zu lachen. Somit war er für mich auch der „Geschichtenlieferant N° 1". Erzählen könnte ich tagelang nur über ihn. Logisch, dass man somit diesen Namen in meinen Geschichten auch ein paar Mal lesen wird.

Heinold, „das" Zwischenahner Unikum. Sein liebstes Hobby war Blödsinnmachen! Nichts als dummes Zeugs hatte er im Kopf. Außer der Arbeit entsprang seinem Kopf allerlei Unsinn, und wenn es an der Zeit war, irgendeinen Arbeitskollegen zu ärgern, stand „Opa" an vorderster Front. Nur, - es konnte ihm keiner so wirklich böse sein!

Eines Tages hatte „Opa" nicht so richtige Lust. Auf nichts! Dann war es allerdings an der Zeit, dass er seinem Geschäft nachging. Dieses Geschäft bedeutete Zeitunglesen auf dem Klo. Das machten wir eigentlich alle, wenn wir mal „ausspannen" wollten. Manchmal war das häufig. Aber, damit wir uns nicht falsch verstehen, gearbeitet, und zwar hart, wurde auch!

Nun kann man diese Klo's nicht mit den modernen Toiletten-anlagen von heute vergleichen. In einem großen Raum, nur für Arbeiter gedacht, waren diese für uns schon modernen „Donnerbalken" nur mit einer Bretterwand voneinander getrennt. Davor hingen alte, zerschlisse-ne Vorhänge, damit man jedenfalls so ein klein wenig Privatsphäre hat-te. Trotz dieser wunderschönen zerrissenen und zerschlissenen Vorhän-ge konnte man im Vorbeilaufen immer deutlich sehen, wer hier gerade seinem „Geschäft" nachging.

Nun begab sich Opa Heinold also zu seiner „Einfach–nur–mal-so"- Sitzung und tat dabei gleichzeitig etwas für die Bildung, indem er die Zeitung, also die mit den vier großen Buchstaben, intensiv studierte. Was soll man auch sonst machen? Ansonsten wär's ja auch zu langwei-lig gewesen. Gleich nebenan saß Willi aus dem Wagenbau, anders als „Opa" wirklich und ganz reell seinem Geschäft nachgehend und, - er hatte wohl tüchtig damit zu kämpfen.

Als „Opa" da nun so sitzt, bemerkt seine überaus feine Nase den nicht ganz angenehmen Geruch von nebenan.

„Mensch Willi, war hast du denn bloß eingekaut, das stinkt ja bei dir?!"

Ein Moment Totenstille, dann meldete sich die Stimme von nebenan.

Die Firma Maschinen - Bruns in Bad Zwischenahn. Ein paar Arbeitsjahre meines Lebens opferte ich dieser Firma. Trotz der oft schweren Arbeit behielten wir aber immer unseren Humor. Mit dem Zusammenhalt der Kollegen und der Kameradschaft untereinander waren wir ein unschlagbares Team.   Bild. H. Herzog

„Ja, ich weiß eigentlich auch nicht, was mir heute fehlt, aber ich habe fürchterliche Magenschmerzen".

„Ja, nimmst du denn keine Antigeruchspillen?", so die Frage von „Opa".

„Nee, was sind das denn?"

Willi war ein herzensguter Mensch, aber doch ein wenig durch den Wind und ziemlich begriffsstutzig. Man konnte ihm erzählen, was man wollte, er glaubte wirklich alles.

„Ja, Geruchspillen nimmt doch schon fast jeder, damit es auf dem Klo nicht so stinkt. Die gibt es in jeder Apotheke. Ich nehme die schon lange und die helfen wunderbar, oder riechst du etwa was bei mir?"

74

„Nee, das muss ich ja ehrlich zugeben, absolut geruchsfrei!" antwortete Willi, „ich rieche wirklich nichts, nur meinen eigenen Kram!"

„Ja, dann hol´ dir doch auch diese Pillen, die gibt es wirklich in jeder Apotheke. Ist doch kein Weg dorthin!"

„Das mache ich gleich heute Abend nach Feierabend, darauf kannst du dich aber verlassen!", so der Kommentar von Willi.

Damit war die Sitzung dann beendet und, - was soll ich euch sagen -, Willi ist am Abend wirklich noch zur Apotheke gefahren, hatte dort inmitten einer Menschenschar vor dem Tresen gestanden und Antigeruchspillen verlangt. Natürlich gab es diese Pillen ausgerechnet in dieser Apotheke nicht. Hihi!

Circa drei Monate herrschte Funkstille zwischen Willi und „Opa" Heinold, dann entschuldigte sich „Opa" bei ihm für diesen listigen Streich. Somit war das Kriegsbeil begraben und der Frieden wieder hergestellt.

Nur während dieser drei Monate und auch noch für länger war diese Aktion von „Opa" das Top – Thema in der Firma.

Der fliegende Kohlkopf.

Eventuell kennen ja einige von euch die Möglichkeit, mit einem Gemisch aus Gas und Sauerstoff ein wunderbares Knallgas herzustellen. Nur eine winzig kleine Menge Gas und ein wenig Sauerstoff lässt Freude aufkommen, natürlich nur bei den Jungs, Mädchen haben damit nicht viel im Sinn. Entzündet man dieses Gemisch, so knallt dieses, als schieße man mit einer Kanone. Wunderbar!

Natürlich und selbstverständlich kam wieder einmal „Opa" Heinold mit dieser Idee, wer auch sonst. So sinnierte er eines Tages, dass wir doch mal versuchen sollten, einen schönen Weißkohlkopf abzuschießen, der Hausmeister hätte in seinem Kleingarten auf dem Firmengelände doch wohl wahrlich genügend davon herumstehen.

Gemacht getan. Die Vorbereitung dauerte so circa eine Stunde. Der Kohlkopf musste geholt werden, ohne dass die Frau des Hausmeisters dies bemerkte. War gar nicht so einfach, denn diese Frau hatte ihre

Augen wirklich überall. Irgendwann musste sie ja aber auch mal den Einkauf erledigen.

Das war also geschafft, und wir hatten gleich vier Kohlköpfe. Schöne dicke Weißkohlköpfe. Wunderbare Ware. Dann hieß es in der Mittagspause das Gas- und Sauerstoffgemisch besorgen, ohne dass die Schweißer dieses bemerkten. Das klappte auch. Ein paar Luftballons mit diesem schönen Gemisch, da kam richtig Freude auf.

Nun suchten wir uns ein passendes Rohr mit einem genügenden Durchmesser aus dem Alteisenhaufen, circa 3 Meter lang, holten uns reichlich Putzlappen, stopften sie bis auf einen in das Rohr und tränkten diese mit Terpentin. Inmitten dieser Lappen hatten wir einen der Ballons versteckt. Oben drauf kam dann der Kohlkopf. Nun tränkten wir auch den letzten Lappen in Terpentin, rissen mehrere kleine Streifen daraus und legten diese bis an den Lumpenhaufen in das Rohrinnere. Schließlich wollten wir einige Meter weg sein, wenn es knallte.

Ich kann euch erzählen, beim besten Versuch, den wir unternahmen, schaffte das weiteste Stück des Kohlkopfes achtundzwanzig Meter. Der Rest kam als Kohlschnee wieder auf den Boden. Alles war grün und wir konnten herzhaft lachen. Ärger gab es allerdings doch noch, denn als der Hausmeister seinen Kohl vermisste und andererseits diesen mit Kohlblättern übersäten Boden sah, versuchte er, den Übeltäter zu finden. Verraten wurde jedoch nichts.

Druckluft.

Ich muss euch erzählen, was man mit Druckluft so alles anstellen kann. Richtig schöne Sachen kann man mit Druckluft machen. Herrlich, sage ich euch. Man kann zum Beispiel Reifen damit aufpumpen, in Zusammenhang mit feinstem Sand Eisenteile von Rost befreien, Maschinen und Aggregate antreiben und, und, und.

Auch für uns als Lackierer in der Maschinenfabrik Bruns war diese Luft und der dafür benötigte Druck, der mittels einer riesigen elektrischen Pumpe hergestellt wurde, wichtig, damit genügend Farbnebel während des Lackierens aus der Farbpistole kam. Zwischen acht und zwölf Bar Druck hatten wir auf der Leitung, je nachdem, was lackiert werden musste.

Natürlich konnte man aber auch viel, viel schönere Sachen mit dieser Luft anstellen, als nur Maschinen zu lackieren. So lösten wir die Spritzpistolen von den Druckschläuchen, sodass wir nur den Luftschlauch in der Hand hielten. Diesen knickten wir ab, damit keine Luft mehr ausströmen konnte. Dann nahmen wir einen genügend großen Nagel, dessen Kopf größer war als die Schlauchöffnung, steckten diesen umgekehrt hinein und ließen dann die Luft urplötzlich wieder ausströmen.

Also, stellt euch vor, das weiteste, was ich einmal geschafft habe, waren einhundertachtzig Meter. Das war genau die Strecke von unserer Lackiererei bis vorn an die Straße zum Firmenparkplatz an der Langen Straße. Ich war glücklich im Gegensatz zum dem Autobesitzer, auf dessen Dach dieser Nagel eine Beule hinterlassen hatte.

Natürlich kann man auch heutzutage diese Strecke noch nachmessen. Man stelle sich dabei nur einmal an den Rand des großen Schwimmbeckens im Badepark, denn genau dort war unsere Lackiererei, und schaue, wenn möglich, zu dem Wohnblock oder auch ehemaligen Netto – Markt hinüber. Dort befand sich früher unser Parkplatz.

Irgendwann in den siebziger Jahren wurde dann modernisiert. Es wurde eine neue Fabrik in Kayhauserfeld errichtet und diese mit modernster Technik ausgestattet.

So bekamen wir mit dem Umzug eine supermoderne Lackieranlage, die zwar nie funktionsfähig wurde, aber wie schon gesagt, sie war neu. Neu war auch das Lackiersystem, ein Airless – Drucksystem, welches die Farbe ohne Luftnebel aus der Pistole drückt. Jedoch, und das war das fatale, haben diese Pistolen einen hohen Druck aufzuweisen, was dann manchmal bei unsachgemäßem Betreiben zu Unfällen mit katastrophalem Ausgang führt.

So hatte ein Kollege aus dem Wagenbau eines Tages die wahnwitzige Idee, eine Fettpistole, welche nun auch nach dem Airless – System betrieben wurde, mit der Hand zuzuhalten. Er nahm die Pistole, hielt diese mit der Öffnung in die Handfläche der linken Hand und drückte ab. Das hatte fatale Folgen.

Das Fett, oder besser gesagt, die Wagenschmiere, verteilte sich sofort in den Blutäderchen der Hand, sodass ihm diese nach ein paar Wochen amputiert werden musste.

*****

Silvesterknaller!

Alles, was man heutzutage so erlebt, um an Silvester mit der Knallerei die Geister zu verscheuchen und das neue Jahr einzuläuten, ist Kokulores. Ich kenne da etwas viel, viel Besseres. Natürlich wieder von „Opa" Heinold, eben der aus der Bruns – Firma.

„Opa" hatte sich zu Silvester etwas ganz besonders Schönes überlegt, um das neue Jahr gebührend zu empfangen. Knallende Luftballons, gefüllt mit Gas und Sauerstoff. Was auch sonst?

Am Nachmittag des 31. Dezember machte sich Heino auf den Weg zur Firma. Schließlich bedeutete dieses eine ganze Menge Arbeit und Zeit. Was nun bei dieser Geschichte allerdings von äußerster Wichtigkeit ist, wäre die Lage seiner Wohnung. Er wohnte zur damaligen Zeit nämlich noch im Hause unseres Chefs!

Dessen Villa stand genau dort, wo heute der Haupteingang zum Kurpark in Bad Zwischenahn ist. Die Bruns – Villa. Eine wunderschöne Villa mit einem riesigen Blumenfenster, welches in dieser Geschichte noch eine wichtige Rolle spielt. Dort wohnte Heinold mit seiner Frau und Tochter in der Hausmeisterwohnung.

Somit besaß er auch den für diesen Tag dringendst benötigten Hausschlüssel für die Firma, zu der er nun auf dem Weg war. Zu Fuß natürlich, denn für sein Vorhaben konnte er kein Fahrzeug gebrauchen. Eine große Tüte voller Luftballons und eine überdimensionale Plastiktüte hatte er allerdings dabei.

Über zwei Stunden dauerte es, dann waren wirklich alle Ballons mit Gas und Sauerstoff gefüllt, in diesen Riesensack verstaut, und Heino machte sich, von vielen Menschen bestaunt, die ihn während dieser späten Silvester- Nachmittagsstunde mit der Riesentüte durch Bad Zwischenahn laufen sahen, auf den Heimweg.

Er kam mit diesem riesigen Plastiksack voller wunderschöner prall mit Gas und Sauerstoff gefüllten Luftballons bis genau vor seine Wohnung und logischerweise auch die seines Chefs. Es knallte, so dass man glauben konnte, sämtliche Silvesterknaller des Ammerlandes wären auf einmal in die Luft geflogen.

Heinold hatte man circa fünfzehn Meter entfernt auf dem Rasen gefunden, das Gesicht voller Gummistückchen. Die hatten sich nämlich durch den ungeheuren Druck bis unter die Haut verteilt. In einer komplizierten OP wurden ihm diese im Krankenhaus operativ entfernt.

Auch mit dem Hören war es seit diesem Tage vorbei. Der Superknall hatte seine Wirkung getan.

Die schon erwähnte riesige Wohnzimmerscheibe und auch die anderen Fenster, die zum Knallbereich hinzeigten, waren samt Rahmen aus der Wand gerissen.

„Opa" Heinold´s Kommentar: Frohes neues Jahr zusammen!

Ausgelöst worden war diese mittlere Katastrophe durch die Reibung von Gummi an Gummi. Eigentlich ja ganz logisch. Diese eintausendzweihundert Meter mit dem Sack zu Fuß durch Bad Zwischenahn hatten ihre Wirkung nicht verfehlt.

Re(d)aktionen.

Ich habe ein sehr bewegtes Leben hinter mich gebracht. Das kann ich unumwunden zugeben. Habe früher in jugendlichen Jahren, als ich noch ohne Verstand war und Luft als Hirnersatz bevorzugte, Alkoholprobleme gehabt. Kurz gesagt: ich habe nichts liegen und nichts stehen lassen!

Nach meiner Lehrzeit begann das alkoholisierte Fiasko. Ich hatte ja, ich beschrieb es bereits, Maler und Tapezierer gelernt (musste! Ob ich wollte oder nicht!).

Gleich nach der Lehre, die für mich an manchen Tagen die Hölle bedeutete (je mehr Schläge ich vom Meister bekam, umso mehr stumpfte ich ab), arbeitete ich bei Warnken in Kayhauserfeld. Als Maler „Atom Fied" ist er sicherlich einigen besser bekannt. Er dampfte mit Farbtopf und Pinsel durch die Gegend und gegen Feierabend ging es dann naturgemäß zur nächsten Kneipe, denn auch dort wurden Geschäfte gemacht. Meist aber nicht die besten!

Von nun an bekam ich die ersten Kontakte zu meinem späteren besten Freund namens Alkohol. Das steigerte sich noch, als ich dann 1968 durch eine Beschäftigungsmaßnahme des Arbeitsamtes als Betriebsmaler zum LKH Wehnen vermittelt wurde. Dort in Wehnen, wo manch einem Erdenbürger durch eine Entwöhnungskur das Trinken abgewöhnt werden sollte, wurde ich zum Alkoholiker.

Dort war die richtige Truppe zusammen. Fast alles „Schluckspechte", die dort arbeiteten. Das war so schlimm, dass das Biertrinken an manchen Tagen schon vor dem Frühstück begann. Logischerweise hatte man auch nach dem Frühstück Durst und vor und nach dem Mittag und zum Feierabend hin auch noch.

Dann nach Feierabend gab es drei Möglichkeiten, um seinen Durst zu stillen. Da war zum einen der „Ofener Krug". Jürgen und Helga Wemken bewirtschafteten diesen zur damaligen Zeit. Wemkens kamen übrigens aus Elmendorf und so kannte man sich natürlich.

Die zweite Möglichkeit des Durstlöschens war die „DDR", „Died und Dora´s Rummelstuben" in Halfstede. Pächter waren damals Friedel und Walter Müller. Ein Abend- und Nachtlokal, wie es im Buche steht. Besser bekannt war das Lokal natürlich unter seinem richtigen Namen „Halfsteder Bauernstuben". Dort habe ich zusammengerechnet Monate verbracht.

Dann war da noch die dritte „Lösch" – Möglichkeit und zwar „Jan´s Died" in Elmendorf. In „meiner" Zeit wechselte der Pächter ein paar Mal und bei jedem bekam ich etwas zu trinken.

Toll!

Der Lohn eines Malers und Tapezierers war damals aber noch nicht so wie heute. Ganze 580 Deutsche Mark verdiente ich zu Spitzenzeiten und das war bei meinem Alkoholkonsum nicht all zu viel. Es reichte nicht hinten und nicht vorne, denn täglich hatte ich das Bedürfnis dieses Durstes. So blieb mir nichts mehr an Geld, welches nur bis zum ersten oder zweiten des Monats reichte. Dann fing ich wieder auf „Pump" an zu trinken. So zog Monat für Monat ins Land, bis ich eines Tages,- wir gingen zur Mittagszeit zum Essen in die Krankenhauskantine -, ein junges Mädchen kennen lernte.

Das war ein Geschöpf, auf das ich schon lange gewartet hatte, und ab nun gab ich mir Mühe, um ja nicht negativ aufzufallen. Dieses holde Geschöpf sollte ja schließlich keinen schlechten Eindruck von mir bekommen.

Das war der Beginn meiner Brautschau!

Auf diese Art und Weise lernte ich hier im LKH Wehnen meine jetzige Frau kennen und lieben. Nur gab ich auf der anderen Seite auch etwas auf und zwar den Alkohol. Von einem Tag zum anderen wollte ich einfach nicht mehr. Ab nun änderte sich mein gesamtes Leben, denn dort im LKH wurde ich entlassen oder besser gesagt, mein Vertrag endete und wurde nicht verlängert.

Ich bewarb mich als Lackierer bei der Maschinenfabrik Bruns in Bad Zwischenahn und bekam den Job. Eine Drecksarbeit, die trotzdem Spaß machte, hervorgerufen durch die tollen Arbeitskollegen. Wir waren ein toller „Haufen".

Im Laufe der Zeit arbeitete ich mich in dieser Firma hoch bis zum Schichtführer und zum ersten Mal hatte ich Verantwortung. Doch dann kam der große gesundheitliche Knall. Im Laufe der Zeit stellten sich bei mir immer mehr gesundheitliche „Macken" ein, so dass ich mich eines Tages entschloss, doch mal ins Krankenhaus zu gehen, um mich von oben bis unten durchchecken zu lassen.

Das Ergebnis war niederschmetternd.

„Herr Oetjen, suchen sie sich eine andere Arbeit! Dieses Lackieren dürfen sie auf keinen Fall weitermachen! Denken sie an ihre Gesundheit!"

Das war´s!

Jahrelang schon hatte ich für die Nordwest –Zeitung redaktionelle Berichte geschrieben. Über alles und über Gott und die Welt hatte ich nebenberuflich in der Zeitung berichtet. Dabei lieferte ich komplette Berichte samt Bildmaterial ab. Alles, was mir vor Kugelschreiber und Linse kam, wurde verewiglicht.

Mein Hauptaugenmerk auf dem schreibenden und bildlichen Sektor galt aber dem Motorsport. Schon mit 8 Jahren hatte mich dieser Sport begeistert und ließ mich bis 1987 nicht wieder los. Im Laufe der redaktionellen Nebentätigkeit baute ich mein Fachwissen über diesen Sport immer weiter aus, so dass ich mich nach und nach auch an größere Aufgaben herantraute. Ich stellte meine Arbeiten der ARD und dem ZDF vor. Außerdem unterbreitete ich auch verschiedenen europäischen Fachzeitungen mein Angebot in Sachen Foto und Schrift.

Irgendwann lieferte ich den Zeitungen und Fernsehanstalten komplette Berichte. Heutzutage kenne ich fast alle Rennstrecken Europas und besitze immer noch drei Ordner stramm voll gepackt mit meinen Arbeiten.

Diese anfangs nebenberufliche Tätigkeit kam mir allerdings dann zu Gute, als ich meinen Beruf als Lackierer aufgeben musste. Oft hatte ich, wenn ich mit einem neuen Bericht in die Redaktion reingeschneit kam, nur mal so aus Jux gesagt: „Hier möchte ich auch arbeiten. So´n bischen mit dem Kugelschreiber und der Schreibmaschine rumhantieren, das würde mir auch gefallen!"

Am Montag wurde ich aus dem Krankenhaus mit diesem Wahnsinn von ärztlicher Aussage entlassen und saß am Dienstag schon wieder vor meiner alten Schreibmaschine, immer mit dem Hintergedanken an einen anderen Job im Kopf, und schrieb an einem neuen Bericht für die Zeitung.

Ab zur Redaktion damit. Dienstag. 15 Uhr.

„Wann kannst du denn anfangen?" war die erste Frage, die mir im Redaktionsbüro entgegenschneite.

„Anfangen? Womit?"

„Mit deiner Arbeit!"

„Was für eine Arbeit?"

„Na, wir suchen jemanden in der Redaktion und für Bürotätigkeiten! Na, was ist los? Wann fängst du denn an?"

Ich war perplex und hin und weg und wusste gar nicht, was ich antworten sollte. Trotzdem schoss dieses Wort so aus mir heraus.

„Morgen!"

„Gut, dann fängst du morgen an. Dort ist dein Platz. Nur noch eins: deine Bewerbung muss heute noch beim „Alten" auf dem Tisch liegen!"

Nun hatte ich zwei Möglichkeiten. Die erste wäre gewesen: eine ganze Woche überlegen, ob ich mir diesen Job zutraue. Die zweite Möglichkeit war: zupacken!

Nur kam jetzt Hektik auf, denn erstens musste ich nach Hause, die Bewerbung schreiben, dann ab zu meinem alten Chef, ihn darum bitten, mich auf der Stelle aus meinem Vertrag rauszulassen, dann mit der Bewerbung zu meinem neuen Chef, antanzen, vorsprechen, Moneten aushandeln und Danke sagen. Dann hatte ich den Job.

Nun kam aber immer noch die Offenbarung gegenüber meiner Frau, denn die wusste von all dem nichts.

Auch da gab es das o.k., denn eine andere Möglichkeit hatte ich gar nicht. Es gab kein langes Überlegen für mich samt Anhang. Ich hatte Familie!

So saß ich dann am nächsten Morgen auf meinem Bürostuhl und ließ mich von den Kollegen einarbeiten.

Dieser Job entwickelte sich allerdings mit den Jahren zur Tretmühle. Man bekam Vorgaben, die man zu erfüllen hatte und manchmal nicht konnte. Dann hieß es knüppeln von morgens um sieben bis nachts um elf! Logischerweise wurde dementsprechend Geld verdient, nur blieb auch hier die Gesundheit auf der Strecke.

Irgendwann wechselte ich von der redaktionellen Tätigkeit in den Außendienst als Anzeigenberater. Dort steigerte sich auch das Gehalt, gleichzeitig jedoch auch das „Treten".

Und so fing das alte Leiden wieder an. Der Körper fing an zu streiken. Er wollte nicht mehr. Es begann eigentlich schon 1987, indem sich mein linker Fuß bemerkbar machte. Er schmerzte in der Ferse.

Mein Auftritt als „Hausmeister Meyer" auf der Landesgartenschau 2002 in Bad Zwischenahn. Mehr als 600 begeisterte Zuhörer hatte ich.

Ich musste kürzer treten, ob ich wollte oder nicht. So beschloss ich dann in dem Jahr auch, meine Motorsport – Tätigkeit an den so berühmten Nagel zu hängen. Von einem Tag zum anderen machte ich Schluss, nachdem ich fast 34 Jahre lang diese Rennen besucht hatte und dabei Millionen von Kilometern und tausende von Stunden für diesen Sport geopfert hatte.

Ich wollte dieses Kürzertreten aber auch vom Kopf her, denn ich hatte absolut keine Lust mehr, über diese Sportart zu schreiben. Ich konnte nichts mehr bewirken, obwohl dieser Sport einer gründlichen Modernisierung bedurft hätte. Somit sah ich keinen Sinn darin, etwas Positives zu vermelden. Schrieb ich zum Beispiel nach irgendeinem Rennen einmal die Wahrheit, schrieb, dass das Rennen und Organisation Mist war, riss man mir fast den Kopf ab.

Nach einem Renntag in Norden – Halbemond sagte ich dann die zwei berühmten Worte: das war's!

Ich verkaufte gleichzeitig meine kompletten Dunkelkammerausrüstungen, zwei Schwarzweiß- und ein Farblabor. Nur meine alte Spiegelreflex habe ich bis zum heutigen Tage behalten. Sozusagen als Erinnerung.

Im Gegensatz zum damaligen Kribbeln in den Fingern vor einem Rennwochenende lässt mich das heutzutage völig kalt. Wird zum Beispiel hier in Bad Zwischenahn ein Rennen gefahren, so ist es mir möglich, ohne irgendeine Regung direkt am Stadion vorbeizufahren, ohne dass es „weh tut".

Ich fing erst unbewusst an, alles zurückzuschrauben, auch meiner Familie zuliebe, denn die litt am meisten unter meinem Hobby. Obwohl, viele, viele Rennen erlebte meine Familie zwangsläufig mit und wir fuhren mit dem Auto durch Deutschland incl. Zelt und Kind. Nur mit dem großen Unterschied, dass meine Familie als normale Zuschauer auf den Rängen zubrachte und ich meine Arbeit als Reporter im Innenfeld und Fahrerlager tun musste.

Bis 1990 machte ich meinen Job bei der Zeitung. Dann war endgültig Schluss, denn nach einem Besuch beim Orthopäden war ich, wie man so schön sagt, weg vom Fenster. Knochenkrebs im linken Sprunggelenk! Das war's mit dem Beruf, den ich im Grunde meines Herzens gern getan habe, auch wenn es oft zur Tretmühle wurde. Ich habe gutes Geld verdient, hatte dafür fast keine Freizeit mehr, und viele Bekanntschaften sind auf der Strecke geblieben.

Resümee: Es hat sich trotzdem gelohnt, denn ich hatte Arbeit und das war gut so.

*****

Trabbi.

„Wer niemals fraß den Pferdemist, der weiß nicht, wie er schmecket!"

So lautete ein heimliches Sprichwort der Sorte Menschen, die sich mit Pferden und hierbei einer speziellen Gattung, nämlich den Trabrennpferden, beschäftigen.

Nie hätte ich es für möglich gehalten, dass ich in meinem Leben einmal hinter einem solchen „Renner" sitzen würde, denn für einen solchen Sport hatte ich bis 1987 wahrlich nichts übrig. Obwohl ich, und das muss ich der Ehrlichkeit halber erwähnen, Pferde liebe. Gleich welcher Rasse, ich liebe Pferde eben deshalb, weil sie Tiere sind. Aber es ist nun ja schon etwas anderes, einerseits Pferde zu lieben und andererseits zusammen mit diesen Lebewesen Sport zu betreiben.

So war auch ich zwangsläufig zum Tierschinder und Tierquäler geworden, so beschimpfte ich nämlich bis zum damaligen Zeitpunkt die ganzen Reiter und damit gleichzeitig auch die Trabrennfahrer. In meinen Augen waren diese Menschen allesamt Verbrecher, denn Tiere zu quälen ist in meinen Augen ein Verbrechen und gehört strengstens bestraft.

Gott sei Dank hat sich mein Bild von diesem Sport sichtlich gebessert, wenngleich ich auch diese „leistungsfördernden" Machenschaften beim Profi- Springreiten und auch im Trabrennsport absolut nicht gutheißen kann. Denn wenn ich zum Beispiel einem Springpferd Betäubungsspritzen in die Fesseln gebe, nur damit es bei einer Berührung mit dem Hindernis keine Schmerzen verspürt, ist das doch wohl absolut nicht in Ordnung.

Zu den Pferden kam ich wieder einmal durch meine Schreiberei während meiner Zeitungszeit. Ganz lapidar sagt man wohl auch, ich kam zu diesem Sport wie die Jungfrau zum Kinde, denn eigentlich wollte ich nur einen Zeitungsbericht schreiben für das in Bälde anstehende „Bad Zwischenahner Trabrennen" am 26. April 1987 auf der Trabrennbahn in Hamburg – Bahrenfeld.

Aus diesem Anlass hatten sich schon einige Zwischenahner Geschäftsleute im damaligen Abendlokal „Pasadena" getroffen, als ich dazukam. Bewaffnet mit Kugelschreiber und Schreibblock fing ich an, die an mich herangetragenen Infos zu notieren. Organisator des Ganzen war ein Pferdebesitzer aus Bad Zwischenahn.

Als ich zu später Stunde mit vielen Informationen das Lokal verließ, war ich urplötzlich ein Teilnehmer dieses Renntages und ich schüttelte verdutzt den Kopf. Nun wusste ich, dass eine „Junkers Primel" nicht unbedingt auf der Weide oder im Vorgarten wächst, sondern auch Hafer fressen kann. Weiter wusste ich auch, dass ein Pferd einen Kopf, zwei Ohren und vier Beine hat und dass der Trab die natürlichste Gangart eines Pferdes überhaupt ist.

Ich und Trabrennen?! Für mich hatte bislang jedes Pferd vier Ventile, an jeder Ecke eins. Diese Ventile wurden in Gang gesetzt und somit das Pferd bewegt. Manche Pferde, so viel wusste ich bisher auch, hatten allerdings auch fünf Ventile, denn bei manchen Pferden hing ein Ventil mehr oder minder lang in Richtung Boden. Und nun? Trabrennen? Ich? Hihi!

Da kann ich doch nur lachen. Nun ja, wer mich aber näher kennt, der kennt auch meine Lebenseinstellung, die da heißt: Was andere können, kann ich auch! Ich hatte schließlich doch vor ein paar Minuten meine Zusage gegeben und stand nun grübelnd vor dem Lokal auf dem Gehsteig. Ich konnte es nicht fassen. Was hatte ich da bloß angerichtet?

Allem zum Trotz begann nun die eigentliche Arbeit. Zum einen musste ein Sponsor für die Teilnahme gesucht werden. Der gute Draht zu meinem Geschäftsfreund Siegbert half mir in diesem Punkt. Ich fuhr das Rennen für das „Steakhaus". Das hatte besser geklappt als erwartet. Punkt zwei war schon schwieriger, denn wir mussten allesamt, jedenfalls diejenigen, die noch nie einen „Vierventiler" bedient hatten, nach Bahrenfeld zu Training.

Mit Gerd, dem Organisator, dem Debütanten Egon und mit „Debutant", einem neunjährigen Wallach im Anhänger rauschten wir los in Richtung Hamburg. Ausprobieren, ob ich mich überhaupt dazu eigne, hinter einem Pferd zu sitzen.

Reingepellt in die Klamotten, die ich mir gottlob ausleihen konnte und rauf auf den Sulky. Was soll das denn wohl schon großartig Schwieriges sein!? Da muss aber schon etwas anderes kommen, bevor ich mich von einem solchen Pferd unterbuttern lasse, dachte ich noch so vor mich hin, als Debutant plötzlich anfing zu ziehen. Erst dachte ich, er reißt mir die Arme raus, dann begannen meine Schultergelenke zu knacken. Als sich dann vor Schmerzen meine Hände automatisch öffneten und sich somit auch die Leine lockerte, wurde dieser verdammte Klepper, so hatte ich ihn noch vor dem Training betitelt, Gott sei Dank langsamer.

Schon seit einer Weile hatte sich neben mir ein anderer Fahrer platziert, der hier auch seine Trainingsrunden zog. Als wir nach einer Weile mit flottem Tempo nebeneinander herfuhren, schaute ich einmal kurz nach links in das Gesicht von „Traberpapst" Hänschen Frömming. Das darf doch nicht wahr sein! Ich zusammen mit Frömming auf der Bahn, ich und der Traberpapst Frömming! Das konnte doch nur ein Traum sein, oder?

„Lass uns noch 'ne Runde drehen, der geht aber gut ab. Wie heißt der denn? Wem gehört der?", wollte er wissen. Ich rief ihm total außer Atem ein paar Wortbrocken zu und zog wieder etwas an der Leine. Sofort ging Debutant wieder ins Geschirr und zog seine Spur.

Das war's dann also, meine erste Begegnung mit dem „Klepper" Debutant. Wieder im Stallgebäude angekommen, war ich so was von fix und fertig, dass man mich fast vom Sulky heben musste.

Es dauerte so circa eine Woche, bis sich meine Arme und Beine wieder regeneriert hatten. Allerdings wurde es dann aber auch höchste Zeit, denn der Renntag in Bahrenfeld stand unmittelbar bevor.

Zwei Tage vor dem Rennen in Hamburg trafen sich nochmals alle Teilnehmer zu einem letzten Vorgespräch und zur Pferde – Auslosung im „Pasadena". Ein ganz besonderer Abend!

Ich weiß nun nicht, ob es Schicksal war, oder ob es so sein sollte, denn just in dem Augenblick, als ich nach einem kurzen Trip zur Toilette wieder das Lokal betrete, sehe ich, wie Gerd, der die Auslosung durchführte, ein bestimmtes Los aus dem Eimer nahm und es in seiner Hand versteckte. Ich war so was begeistert von diesem Vorfall, dass ich die Sache aufs Genaueste beobachtete. Dieses Los blieb nämlich solange in der Hand versteckt, bis irgendwann Uwe B., ein Nachbar von Organisator Gerd, in den Eimer griff und so tat, als ziehe er ein Los. Im gleichen Augenblick griff auch Gerd in den Loseimer, tat so, als wolle er noch einmal die Lose durchmischen und drückte dabei unserem Uwe das besagte Los in die Hand.

„Donstar" hieß das Pferd, das Uwe „zugelost" wurde und galt als eindeutiger Favorit des Rennens. Als ich dann an die Reihe kam und das Los mit meinem achtjährigen Wallach „Tarangire" aus dem Eimer zog, war ich maßlos enttäuscht, denn auf dem Papier war es nicht mehr als ein dürftiger und kranker Ackergaul. Natürlich verbarg ich meine Enttäuschung und überspielte alles mit dem „Dabei sein ist alles"!

Sonntag, der 27. April 1987, 17 Uhr und 35 Minuten. Der Start zum „Großen Traber – Preis von Bad Zwischenahn". Im Stall vom Traber – Star Henning Rathjen bekam ich meine offizielle Rennbekleidung. Helm und Handschuhe an, Brille zurechtgerückt und mit schlotternden Beinen hin zum nun schon rennfertig im Stall stehenden Tarangire. Rauf auf den Sulky, die Leine in die Hand und ab ging die Post, rauf auf die Bahn. Ein paar Runden zum Warmlaufen, dann wurde zur Parade geläutet. Jeder Fahrer reiht sich hierbei der Startnummer nach ein und präsentiert sich so dem Publikum.

Ein altes Sprichwort heißt: Kleine Sünden bestraft der liebe Gott sofort, bei großen Sünden braucht er etwas länger.

Nur so mit einem Blick zur Seite und einer gleichzeitigen Durchsage vom Stadionlautsprecher her vernahm ich mit Genugtuung, dass „Donstar", also das Uwe B. zugeloste Pferd, nicht am Start war. Der Wallach war krank, und so musste Uwe auf das Ersatzpferd „Beethoven" umsteigen. Schade, denn nun hatte sich auch der Profi– Stadiontipp: „Donstar" vor „Olsea" und „Gemsbub" in Luft aufgelöst.

Die Traber kennen zwei verschiedene Starts, zum einen den Bänderstart und zum anderen den Autostart. Der Bänderstart wird vorzugsweise bei großen Rennen durchgeführt, wobei zwei oder auch drei Bänder über die Bahn gespannt werden. Hinter jedem Band bereiten sich meist vier oder fünf Fahrer mit ihren Pferden auf den Start vor, indem sie zwischen diesen Bändern drehen und so versuchen, die beste Position einzunehmen. Dabei sind die vermeintlich schwächsten Pferde vorne platziert, die etwas stärkeren dahinter und die stärksten und gewinnträchtigsten Pferde am Schluss. Eigentlich das gerechteste Startverfahren.

Beim Autostart ist es einfacher. Hier reiht sich der Fahrer der Startnummer nach hinter dem Startwagen ein, solange, bis dieser ziemlich rasant beschleunigt und somit den Start freigibt. So war das auch bei uns.

Der Start klappte fast reibungslos. Ich reihte mich gleich anschließend, nachdem der Startwagen die Bahn freigegeben hatte, als Dritter ein. Ich hatte viel Zeit, denn gewinnen konnte ich ja sowieso nicht, wollte jedoch auf jeden Fall versuchen, dass wirklich hohe Tempo mitzugehen. Schon auf der zweiten Geraden forderte ich mein Pferd, indem ich ihm mit der Leine nur ein einziges Mal einen Klaps aufs Hinterteil gab. Ich merkte, wie er anzog und war „nix wie haste nicht gesehn" auf Platz zwei hinter „Sri Lanka" mit Hubert P. im Sulky.

Und nun, es war schon komisch, hatte ich so viel Zutrauen in „meinen" Tarangire, dass ich mich wieder zurückfallen ließ. Auf Platz vier wartete ich auf meine Chance bis hin zum letzten Bogen. Ausgangs des Bogens zog ich raus in die zweite Spur und hatte nun nur noch Hubert P. und seinen „Sri Lanka" vor mir. Mit vielen, aber leichten Antriebsschlägen auf das Hinterteil kam ich dem Führenden immer näher. Zentimeter um Zentimeter tastete ich mich an ihn heran.

Auf dem Weg zur Siegerehrung in Hamburg – Bahrenfeld. Ein stolzer Gewinner, „mein" Tarangire, der mir diesen schönen Tag bereitet hatte.

Im Ziel hatte ich Hubert mit einem Kopf Länge geschlagen und wäre fast vor Freude aus dem Sulky gehüpft. Ich war Sieger und hatte mit meinem „alten Ackergaul" alle Favoriten geschlagen.

Im Stallbogen drehte ich und fuhr nun unter Applaus hin zur Siegerehrung, an der auch der damalige Bürgermeister Hinrichs teilnahm. Dritter in diesem Rennen wurde übrigens mein Freund Klaus W. aus Bad Zwischenahn mit seinem „Olsea". So ganz nebenbei sollte noch erwähnt werden dass wir das bis dato schnellste Gästerennen gefahren waren und diese Zeit auch bis zum heutigen Tage nicht gebrochen wurde, und darauf bin ich stolz!

Als ich dann mitsamt Pferd und Siegerkranz in den Rathjen – Stall einfuhr, wurde ich mit Juchhu – Rufen und einer kräftigen Umarmung von Seiten der Tarangire – Besitzerin in Empfang genommen. Seit langer, langer Zeit hatte ich eines ihrer Pferde zum ersten Mal zu einem Sieg geführt.

Beim nächsten Renntag am darauf folgenden Sonntag kamen wiederum die gleichen Pferde an den Start, und wie sollte es anders sein, auch dieses Mal siegte wieder Tarangire, doch nun unter der Peitsche von Henning Rathjen.

Die Siegesfeier kostete mich wie abgemacht ein Fass Bier, welches wir am gleichen Abend im „Pasadena" leerten. Das war mir letztendlich die Sache wert, denn es war eines meiner schönsten Erlebnisse.

Nur drei Monate später trafen wir uns, dass heißt, Peter, der eigentlich Georg Ludwig heißt und ich, auf der Schulbank in Hamburg – Bahrenfeld. Wir beiden machten den Traberschein, die Lizenz, um damit an richtigen nationalen und internationalen Trabrennen teilzunehmen zu können. Auch Peter war einer der Teilnehmer am Gästefahren gewesen und hatte genau wie ich Pferdemist gefressen, wie die Traberleute es so schön umschreiben, und nun wollten wir es beide in Angriff nehmen, diesen verflixt lebenswichtigen Schein zu erhalten.

Hätte ich es auch nur erahnt, wie viel mich dieser „Spaß" kosten würde, hätte ich allerdings mit absoluter Sicherheit die Finger davon gelassen.

Außer der Rennkleidung musste man selbstverständlich auch Besitzer eines Trabrennpferdes sein. Stall, Unterkunft, Verpflegung, Training, Tierarzt, die Fahrten nach Hamburg und Elmshorn zu den Trabrennbahnen, alles verschlang richtig viel Geld. Hinzu kamen natürlich noch die vielen, unzähligen Stunden des Trainings, denn ein solches Pferd muss täglich trainiert werden, ob man nun will oder nicht. Da zählt es nicht, ob nun die Sonne scheint, ob es regnet oder schneit oder auch Stein und Bein friert!

So haben abwechselnd meine Frau und ich in unserer knappen Freizeit unsere verschiedenen Pferde bewegt und somit auch viel Pferdemist „gefressen" und das im wahrsten Sinne des Wortes.

Ein Pferd mistet, jedenfalls ein Traber, grundsätzlich immer dann, wenn man sich mit ihm im leichten Trab, aber schon flottem Tempo, über die Bahn bewegt. Logischerweise fällt dabei dieser Mist auf die hinteren Hufe und wird im gleichen Augenblick durch die Geschwindigkeit auf den dahinter sitzenden Fahrer geschleudert. Oft sitzt man dann im Sulky, träumt dabei von den bevorstehenden Aufgaben, dreht gemütlich seine Runden und spuckt so vor sich hin. Aber, und das möchte ich hier ausdrücklich betonen, gestorben bin ich nicht daran. Krank geworden auch nicht.

Zum Schluss möchte ich aber noch einmal auf die Kosten zurückkommen, nur so zur Warnung an alle Interessierten oder diejenigen, die auch nur einen einzigen, winzigen Gedanken daran verschwenden, einmal hinter dem eigenen Pferd auf einem Sulky zu sitzen. Im Nachhinein kann ich nämlich mit Fug und Recht behaupten, dass mich dieser kurze „Spaß" einen Mittelklassewagen kostete.

Die Ironie des Schicksals war die, dass ich, nachdem ich die wirklich schwierige Prüfung mit Bravur bestanden hatte, mir bei meinem ersten offiziellen Rennen einen Muskelabriss in der linken Schulter zuzog, und nachdem diese langwierige Sache dann endlich auskuriert war, mit einem Knochentumor im linken Fuß das Krankenhaus aufsuchen musste und somit dieser tolle Sport für mich endgültig passee war.

Wie stoppt man einen Zug?

Einen richtigen Zug meine ich, einen Personenzug. Also, da gibt es mehrere Mittel, um einen solchen Zug zum Stehen zu bringen. Man könnte zum einen in einem Bahnhof warten. Irgendwann hält in jedem Bahnhof irgendein Zug.

Das wäre die eine Möglichkeit. Was macht man aber, wenn man einen Zug auf freier Strecke anhalten will? Eventuell könnte man sich am Bahndamm hinstellen, den Daumen der rechten Hand nach oben heben und so tun, als wolle man per Anhalter mitreisen. Ich habe es probiert. Es hat nicht geklappt! Und wenn man sich mit einem roten Lappen auf die Schienen stellt? Nein, nein, ich glaube, dass ist auch keine gute Idee.

Nun ja, ich will euch nicht im Unklaren lassen, denn es gibt noch eine Möglichkeit, die ich bis dato aber auch noch nicht kannte. Ganz einfach, man stellt sich an einen Bahnübergang mit heruntergelassenen Schranken und versucht, seinen auf der anderen Seite wohnenden Freund zu besuchen. Dann hält der Zug. Wetten? Haben mir jedenfalls meine beiden Ältesten erzählt und natürlich die Bahnpolizei auch. Ich hätte es sonst sicherlich nicht geglaubt.

Es war an einem wunderschönen Sommertag gewesen. Wir wohnten in Ocholt und ich war alleine zu Hause. Meine Frau war zur Arbeit, meine beiden Ältesten machten eine Radtour und der Jüngste war bei seinem Schulfreund. Ich hatte mich in der Küche aufgehalten, um das Abendessen für die Familie vorzubereiten, als es an der Haustür läutete.

Durch die geriffelte Milchglasscheibe der Haustür konnte ich eine weiße Schirmmütze erkennen. Ich öffnete und hatte zwei Beamte in Uniform, ganz offensichtlich von der Bahnpolizei, vor mir stehen.

„Sind Sie Herr Oetjen? Haben Sie zwei Söhne, Bernd und Jens? Wissen Sie, wo sich die beiden zurzeit aufhalten?"

Ich wurde mit Fragen überhäuft. Ich bat die beiden Beamten höflich in die Wohnung, denn ich ahnte, dass dieses doch wohl eine längere Unterhaltung werden sollte. Und dann erzählten die beiden Beamten den Grund ihres Kommens. Man hatte meine beiden Großen erwischt, als sie den D-Zug Norddeich – Hannover angehalten hatten und das auf freier Strecke in Torsholt genau zwischen Ocholt und Zwischenahn. Sie wollten ihren Schulfreund besuchen, der dort in Torsholt unmittelbar an der Bahnstrecke wohnt.

So erzählten die Beamten. Nur, hier gab es ein Hindernis und das waren eben die geschlossenen Schranken. Und diese sind hier an dieser Stelle an diesem kleinen ländlichen Übergang ziemlich lange geschlossen. Manchmal, so bestätigten die Bahnleute, seien es durchaus mal 10 – 15 Minuten je nach Zugverkehr.

Nun hatten meine Beiden dort gestanden und sich gelangweilt auf den Schlagbaum gelehnt und weil sie so lange warten mussten, hatten sie eben mit diesem Schlagbaum rumgespielt. Hatten ihn hochwippen und runterfedern lassen und dann gemerkt, dass es ganz leicht war, diesen offenbar schweren Schlagbaum ganz leicht nach oben federn zu lassen.

Schwups, da war der Schlagbaum fast oben. Genügend hoch jedenfalls, sodass man die Gleise passieren konnte. Trotz alledem gab es aber noch zwei Hindernisse. Zum einen wurde mit dem hochgekippten Schlagbaum ein Kontakt auf der Strecke ausgelöst, sodass der herannahende Zug automatisch zum Halten gezwungen wurde und zum anderen wartete auf der anderen Seite schon die Bahnpolizei, denn am Tage vorher war der gleiche Fall schon einmal passiert. Das waren aber zum Glück nicht meine Beiden, wie sie mir nachher felsenfest versicherten.

„Die Beiden werde ich mir nachher einmal vorknöpfen", war meine erste Reaktion, „denen werde ich die Leviten lesen und die Hammelbeine lang ziehen. Den Hosenboden werde ich ihnen versohlen und die Ohren lang ziehen".

Mit diesen Worten verabschiedete ich die beiden Bahnbeamten. Von all meinen Androhungen habe ich nichts wahr gemacht. Nicht einmal erwähnt habe ich den Besuch der Beamten, denn ich wusste, dass die Fahrt meiner Beiden von Torsholt nach Ocholt und die Ungewissheit über die zu erwartende Bergpredigt schon Strafe genug war.

London International.

Das „London International", ein renommiertes Hotel in der Londoner City. Fast jeder, der einmal die englische Hauptstadt besucht, kommt unweigerlich an diesem in der Nähe des Hydeparks gelegenen und über fünfhundert Zimmer fassenden Hotelklotz im Herzen dieser Millionenstadt vorbei. Ich habe einmal darin gewohnt oder besser gesagt, ich habe darin versucht, zu nächtigen. Denn letztendlich war das ganze Unternehmen nicht so einfach, und schuld daran war fast ganz allein der Alkohol.

Fünf Tage London. Wembley, White-City-Stadium, Hackney. Das waren für uns Namen, die gleichzusetzen waren mit Speedwayrennen, dieser Motorsportart, die auf Asche oder Schlacke ausgefahren wird und in England große Popularität genießt. Diese Rennen wollten wir als motorsportbegeisterte Fans besuchen. Wir, dass war eine Gruppe von einhundertzweiundfünfzig Gleichgesinnten, die aber allesamt, bis auf wenige Ausnahmen, dem Alkohol recht wohlwollend gegenüberstanden. Ich gehörte damals wie auch heute zu den Ausnahmen, denn ich war Ausrichter und Veranstalter dieser Tour und musste natürlich einen klaren Kopf behalten.

Die Katastrophe begann eigentlich schon einige Tage vor der Abfahrt, denn bis fünf Tage vor Ankunft in diesem Hotel musste ich die Teilnehmerzahl und deren Namen nach London faxen. Nach dieser Liste wurden dann im Hotel die Betten und Zimmer zugeteilt, damit wir bei Ankunft alle schnellstens unsere Zimmer aufsuchen konnten.

Es kam, wie es kommen musste. Das ganze Procedere lief einfach zu glatt. Das leichte Krause an der Veranstaltung begann dann auch zwei Tage vor der Fahrt. Ein Teilnehmer sagte wegen Krankheit ab. Das ist ja an und für sich nichts Ungewöhnliches, schließlich bekam ich mit Hajo postwendend Ersatz für den Sitzplatz. Doch damit hatte ich letztendlich, ohne es zu wissen oder zu ahnen, eine mittlere Katastrophe ausgelöst.

Doch das Ganze von vorn. Bubi und Pabst, zwei ganz unentwegte, wenn es um die Vernichtung von Alkohol ging. Dann standen die Beiden an vorderster Front. Als die Tour in Richtung London am Donnerstagabend endlich losging, hatten die Beiden allerdings schon die gesamte Frontlinie abgesteckt, alles erkundet und schließlich sämtlichen Alkohol vernichtet. Mit einigen Knoten in den Zungen stiegen, oder vielmehr stolperten, die Beiden in den Bus.

Das erste, was Bubi nach Platzeinnahme nun machte, war der Gang zu meinem Reiseleiterplatz vorn im Bus. Dort lagerten nämlich auch die Getränkevorräte, was er zu riechen schien. Eine Palette Bier, Inhalt vierundzwanzig Dosen, und ein Karton Apfelkorn, bestehend aus fünfundzwanzig kleinen zwei-cl-Flaschen, also fünfzig Korn.

Das war dann der Reiseproviant bis zur belgischen Grenze. Wohlgemerkt, für eine Person! Man mag es kaum glauben, aber trotz seines Pegels, der ja schon hoch genug war, trank er diese Palette Bier und den Karton Apfelkorn ohne Pause und ohne abzusetzen aus. Dann lehnte er sich in seinem Sitz zurück und legte sich schlafen. Nach circa vier Stunden Schlaf erwachte er mit der Klangvariante eines röhrenden und brünstigen Hirsches. Drei Worte entquollen seines Halses: „Ich habe Durst!". Nach drei Liter Coca-Cola war der Durst fürs Erste gelöscht. Das reichte bis zur Fähre im belgischen Zeebrügge.

Während wir mit unseren drei Bussen auf die Fähre rollten, dachte ich noch: bleib ganz ruhig, es könnte schlimmer kommen. Ich blieb ruhig und es kam schlimmer.

Unsere Katastrophenbleibe in der Londoner City. Dort hat unsere Truppe einen bleibenden Eindruck hinterlassen und mit Sicherheit sind dort in Zukunft für uns alle Zimmer belegt.

Der erste Gang dieser „alkoholfesten" Truppe, sie bestand in der Zwischenzeit aus fünf Personen, war dann auch nicht zum Frühstücksbüffet, wie man es nur hoffen konnte, schließlich war es morgens um sechs, sondern gleich nebenan in die Bar. Die Fünf hatten doch zu viel Durst von der weiten Busfahrt.

Für meine Frau und mich war schließlich das feste Frühstück wichtiger und so gingen wir ins Restaurant, von dem wir aber einen Teil der Bar-Theke einsehen konnten, wo sich unsere durstigen Strategen aufhielten. Noch war alles ruhig, schließlich lagen wir ja auch noch im Hafen.

In aller Seelenruhe frühstückten wir, als das Schiff den offenen Ärmelkanal erreichte. Dieses merkten wir aber nur daran, weil gleichzeitig mit dem Wellengang des Schiffes auch immer einer oder zwei der Flüssigfrühstücker an der Bar-Theke hin- und herrutschten.

Schaukelte das Schiff nach rechts, rutschten alle Mann an der Theke entlang und waren in unserem Blickfeld. Schaukelte das Schiff nach links, entschwanden sie wieder unseren Augen.

Es dauerte lediglich drei Stunden, dann wurde der Barkeeper ausgewechselt. Die stolzen Fünf hatten es geschafft, eben diesen Keeper mit gutem englischen Whiskey „abzufüllen". In der Zwischenzeit schwamm es dann auch auf dem Schiff, denn genau so viel, wie durch die Kehlen runtergespült wurde, ging auch auf den Fußboden. Gott sei dank war dieser gegenüber den anderen Räumlichkeiten tiefer gelegt, so dass die gute Flüssigkeit nicht überschwappte und durch das Schiff wabern konnte.

Im Laufe dieser Stunden der Überfahrt nach England wurden es dann aus unserer Sicht auch immer weniger, die sich am Thekenrutschen beteiligten. So nach und nach fiel einer in die Ecke. Elf Uhr war es, als wir das Festland in Dover erreichten. Obwohl ich diesen Anblick der mächtigen Kreidefelsen schon von vorigen Fahrten her kannte, war ich wieder überwältigt.

Jedoch nur so lange, bis wir alle in die Busse stiegen, circa achthundert Meter weiterfuhren zur Zollabfertigung und Passkontrolle und plötzlich jemand zu mir sagte: „Hajo ist nicht da!". Hajo ist nicht da? Wer war denn noch Hajo. Ach ja, das war doch der, der für die erkrankte Person eingesprungen war. Hajo, der liebe Hajo. Wo konnte der denn sein?

Für mich bedeutete diese Frage, achthundert Meter zurück zur Fähre und das im Dauerlauf bei dreißig Grad im Schatten.

Dort angekommen, erzählte mir der erstbeste Fährmann, dass mir mein roter Schal wegfallen würde, ich solle aufpassen! Ich erwiderte in meinem besten Schulenglisch, dass dieser Schal meine Zunge sei.

Nun versuchte ich ihm klar zu machen, dass ich unseren Hajo-Boy aus Germany suche. Nach einer viertel Stunde wurde die Durchsuchung des Schiffes eingestellt. Hajo war einfach nicht da.

Ich überlegte kurz und entschloss mich, zu den Bussen zurückzulaufen. Beide Beine in die Hand und los. Zufälligerweise schaue ich in diesem Augenblick zu der Fähre, die in Richtung Calais reisefertig gemacht wurde. Ich bin ganz ehrlich, hätte Hajo nicht seinen Trainingsanzug mit Werbung des TUS Ocholt auf dem Rücken angehabt, wäre er verloren gewesen.

Mit Tränen in den Augen und dem Ruf: „Wo seid ihr denn?", stand Hajo auf der Rampe. Hajo also an die Hand und die achthundert Meter zurück zur Zollabfertigung. Rein in die Halle, denn wir mussten durch eine Zollschleuse, aber erst nach der Passkontrolle. Und das eben war das nächste Hindernis.

Hajo durchwühlte mit ängstlichen Blicken und einem Dauer-Schulterzucken die Taschen seines Trainingsanzuges. Kein Stück Papier zu finden, welches auch nur im entferntesten so ähnlich aussah wie ein Ausweis.

So gab es nur noch eine Möglichkeit, der Ausweis musste sich im Bus befinden. Koffer raus, Taschen raus, sämtliche Fächer des Busses auf den Kopf gestellt. Nichts, es blieb beim Nichts. Es gab hier keinen Ausweis, der nun ja aber dringend gebraucht wurde, um weiterfahren zu können. Neben mir im Zollgebäude stand Hajo, mit drei Promille in Tränen aufgelöst und ohne Ausweis.

„Dann muss ich eben hier bleiben und ihr fahrt ohne mich weiter!", so sein Kommentar. Mit diesen Worten und einem Schmollmund vergrub er demonstrativ seine Hände in die Seitentaschen seines Anzuges. Als er seine Hände herauszog, hielt er plötzlich in der einen Hand seinen – Ausweis! „Ach, da ist er ja!". Hajo war glücklich und wir waren genervt. Über eine Stunde hatten wir hier zugebracht, sodass einige der Mitreisenden fast zur Lynchjustiz griffen. Verständlich.

Ich blieb ruhig, unheimlich ruhig, denn ich sagte mir ein zweites Mal, dass es noch viel schlimmer hätte kommen können. Hätte ich bloß richtig überlegt, denn es kam noch viel schlimmer.

Irgendwann im Laufe des Tages checkten wir ein in das berühmte London – International. Der Abend dieses Tages war zur freien Verfügung. Eigentlich war ich davon ausgegangen, dass ein jeder nach Erhalt seines Zimmerschlüssels sein Zimmer und Bett aufsuchen würde. Na ja, gut gesagt, nur ich war davon ausgegangen, die anderen nicht. Denn es war wieder die gleiche Truppe, inclusiv Bubi, Pabst und Hajo, die an diesem Abend ihren Durst löschen mussten.

Das Hindernis bestand nun nur aus einem wunderschönen Fahrstuhl, dessen Tragkraft für zehn Personen zugelassen war. Was macht man jedoch, wenn vierundzwanzig Mann gleichzeitig diesen Lift benutzen wollen? Nun ja, ich will es euch erzählen. Es ist eigentlich ganz einfach. Man steigt mit vierundzwanzig Personen in den Lift und drückt auf den Knopf, um nach unten zu fahren. Logisch, oder?

Also, es ist Wahnsinn, wie die Technik so etwas immer hinbekommt, denn dieser Lift blieb wirklich genau zwischen Erdgeschoss und Keller hängen. Auch die Sanitäter und die Londoner Berufsfeuerwehr freuten sich selbstverständlich überschwänglich über die Arbeit, denn es hat nur knapp zwei Stunden gedauert, bis alle befreit waren. Einer der Befreiten durfte dann sogar mit einem Kreislaufkollaps eine Nacht im Londoner Krankenhaus verbringen. Inklusive Übernachtung und Verpflegung! Es war einfach toll!

Der Rest der Truppe begutachtete sofort anschließend und ohne viele Umwege die gut ausgestattete Hotelbar, in der ein kleiner, winziger Whiskey nur schlappe sechzehn Mark kostete. Was soll's denn? Wir haben's doch!

Feuerwehreinsatz um 5 Uhr morgens im London – International, einem der größten Hotels in der englischen Metropole. Gott sei Dank war es dann doch Fehlalarm, ausgelöst durch unseren Hajo.

Das Unheil nahte dann in Form und Namen von Hajo! Er hatte, als er nach unten in die Bar fuhr, ordnungsgemäß seinen Zimmerschlüssel an der Rezeption abgegeben, in der Hoffnung, er würde diesen bei Benötigung desselben wiederbekommen.

Zwischen Schlüsselabgabe und dem „ich brauche meinen Schlüssel" waren fast exakt zehn Stunden vergangen, denn es war so fast genau fünf Uhr morgens, als er seinen Schlüssel an der Rezeption anforderte. Nun war Hajo in diesem Hotel aber ja gar nicht gemeldet, weil er eben nur für jemanden eingesprungen war und genau das erkannte mit nur einem einzigen Blick in sein Büchlein auch der schlaue Portier.

Was macht man denn nun, wenn man urplötzlich kein Bett mehr zur Verfügung hat? Also, ich hätte mich vielleicht in die Ecke gesetzt und auf den Erstbesten unserer Gruppe gewartet. Richtig, genau so machte es Hajo nämlich auch. Er setzte sich in die Ecke. Aber nur solange, bis er an der Wand einen kleinen Kasten entdeckte.

Also, ich persönlich kann die Uhrzeit genau festlegen, weil ich, wie alle anderen auch, senkrecht im Bett saß! Es war genau fünf Uhr und acht Minuten morgens, als der Feueralarm ertönte.

Ich kann euch sagen, das war ´ne Freude!

Der Rest der Tour ist eigentlich schnell erzählt. Motorsport haben wir natürlich auch noch gesehen. Um allerdings zu diesen Veranstaltungen zu kommen, nimmt man in London am besten den Bus. Das machten wir auch. Wir schnappten uns den erstbesten Bus, ein leuchtend rotes Modell mit Aufstieg nach oben. Hier sagt man auch Doppeldecker.

Wir hatten uns wohlweislich aufgeteilt in Gruppen von zwanzig Personen, denn sonst hätte man ja Sonderbusse einsetzen müssen. Der Bus kam, wir alle hinein, die Ersten und Schnellsten gleich hoch nach oben, aber auch dort war kein Sitzplatz mehr zu erhaschen. Na ja, dachte dann ein jeder von uns, dann bleiben wir eben stehen. Die wenigen Straßen, was macht das schon. Irgendwann würde schon ein Sitzplatz für uns frei werden. Schließlich mussten ja irgendwann einmal auch Leute aussteigen.

„Sitt down, please!", hörten wir nach ein paar Minuten in unserem Krakele und unserer Vorfreude auf die Veranstaltung eine quäkende Stimme. Eigentlich hatten wir uns ja schon gewundert, dass der Bus sich nicht in Bewegung setzte, dachten aber auch, dass unten sicherlich noch andere Gäste zusteigen würden.

Noch einmal dieses „Sitt down, please!", dieses Mal aber in schärferer Form, klang durch den Lautsprecher. Auch einige Fahrgäste guckten schon grimmig, schließlich wollten sie wohl nach Hause. Bis wir dann endlich merkten, dass der Busfahrer in der Zwischenzeit den Motor ausgestellt hatte und einige Fahrgäste uns in gebrochenem

Deutsch erklärten, dass der Bus nur weiterfährt, wenn man sich setzt, entschlossen wir uns, alle Mann wieder auszusteigen. Naja, mit einem Londoner Taxi ist es aber auch schön, wenn auch erheblich teurer.

So manche Speedway – Bahn in England ist genau wie hier bei uns mit einem Erdwall umgeben. Von diesem aus kann man als Zuschauer die Veranstaltung sehr gut verfolgen, es sei allerdings, es treffen mehrere Fakten zusammen.

Fakt eins ist, man bleibt nüchtern. Fakt zwei ist, man bleibt nüchtern und Fakt drei ist schließlich, dass man wirklich absolut nüchtern bleibt, sonst kann es nämlich passieren, dass die Veranstaltung anders endet, als man sich diese vorgestellt hat. So war es letztendlich auch für zwei Teilnehmer unserer Gruppe, Fritz und Günther.

Am dritten Abend besuchten wir ein Speedway - Ligarennen in einem Vorort von London, nachdem wir aber schon am Abend vorher das Weltmeisterschafts- Finale im Wembley-Stadion gesehen hatten.

Logisch, eigentlich bräuchte ich es nicht zu erwähnen, floss auch an diesem Tage der Alkohol wieder in Strömen und die nächste Katastrophe war hiermit vorprogrammiert.

Nach diesem Abend auf der Heimreise zum Hotel fragten wir dann unseren Fritz, wie viel Geld man für einmal Pipimachen bezahlen muss. Also, Fritz musste fünfzig englische Pfund berappen, so umgerechnet einhundertfünfundsiebzig Mark. Und das nur, weil er sich den Weg zur Toilette ersparen wollte und den Abgrenzungszaun benutzte.

Klar und selbstverständlich für einige von uns war es dann auch, zusammen mit Günther in die Klinik zu fahren. Was Günther dort wollte? Ja, eigentlich sollte er sich dort nur den Gips abholen. Diesen benötigte er nämlich unbedingt für seinen rechten Arm, denn auch er hatte diesen Versuch mit Pipimachen am Zaun unternommen. Leider hatte er den Krümmungswinkel des Zuschauerwalles unterschätzt. Mit richtig Schmackes und zwei Komma vier Promille in den Adern war er den Abhang runtergelaufen und dabei gegen die Abzäunung geprallt. Mit Günthers Gipsarm war dann unsere Katastrophentour endlich gekrönt und perfekt.

*****

100

Hilfe.

Seit Mitte der achtziger Jahre habe ich es mir zur Aufgabe gemacht, armen und bedürftigen Menschen, die den Tritt in unsere Gesellschaft nicht geschafft oder gänzlich verloren haben, zu unterstützen.

Alles begann mit einer Familie in Oldenburg, die ich eigentlich durch Zufall kennen gelernt habe. Bis heute sind daraus sechs Familien und vier Obdachlose, insgesamt zweiunddreißig Personen, deren Zahl logischerweise ständig wechselt, geworden. Diese Zahl klingt zwar klein, bedeutet aber an manchen Tagen viel, viel Arbeit, Lauferei und Fahrerei.

So sammele ich während des gesamten Jahres Lebensmittel, Kleidung und andere Dinge des täglichen Bedarfs, um diesen Menschen wieder auf die Beine zu helfen. Das klappt mit mehr oder minder starkem Erfolg. Bei meinen Sammlungen, die ich während der Weihnachtszeit durchführe, kommt verständlicherweise immer eine Riesenmenge an Sachen zusammen. Es ist nun mal so, dass der Mensch zur Weihnachtszeit mehr und leichter gibt als in der übrigen Jahreszeit. Liegt es nur daran, weil Weihnachten ist? Ist dann das Herz größer?

Ich kann mich noch sehr gut an einen Fall erinnern, bei dem ich sehr viele Tränen gesehen und erlebt habe. Ich war zum Einkaufen gefahren. Musste eben mal schnell ein paar Sachen bei Feinkost ALDI, damals noch in der Bahnhofstraße, holen. Im Sauseschritt durchquere ich den Laden, rausche die Gänge hoch und runter und habe nach kurzer Zeit auch alles gefunden, was wir so für´s Wochenende benötigen.

Nun stehe ich schon fast an der Kasse in der Warteschlange und sehe durch das Schaufester auf der gegenüberliegenden Straßenseite auf einer Ruhebank einen relativ jungen Mann sitzen. Den Kopf in den Händen verborgen, die Ellenbogen auf die Knie gestützt, so sitzt dieses Häufchen Elend dort. Neben ihm ein kleiner, schwarzer Hund und rechts von ihm ein paar Habseeligkeiten. Mit nur einem Blick konnte man erkennen: Ein Penner oder menschlich gesagt, ein Obdachloser.

Ich nahm meinen Einkaufswagen und löse mich aus der Schlange. Warum ich dies tat, weiß ich bis heute nicht. Ich fuhr mit meinem Einkaufswagen nochmals die Gänge hoch und runter und griff mal hier, mal dort, ins Regal.

Ein wenig Käse im Stück, eine Dauerwurst, eine Dose Würstchen mit Klippverschluß, eine Dose Bier, ein wenig Hundefutter und eine Schachtel Zigaretten und einige weitere Zutaten. Grob überschlagen circa 15 Mark. Mir tat das nicht weh. Ich hatte! Geld meine ich!

Durch die Kasse und rüber zu dem jungen Mann. Seine „Sachen" hatte ich in einer separaten Tragetasche. Ich setzte mich neben ihn auf die Bank, tat so, als wolle ich mich ausruhen. Ich begrüßte ihn, er grüßte zurück und schaute mich dabei an. Mit diesem Blick sah ich, dass er geweint hatte. Seine Augen waren nass.

„Kollege, was ist los?" fragte ich ihn, um ein Gespräch zu beginnen. „Kann ich dir helfen?"

Ich konnte!

Wie ein Wasserfall begann er zu erzählen, erst wie ein kleiner bruchstückhaft und dann wie ein großer Fluss kam alles aus ihm herausgesprudelt. Von seiner Ehe erzählte er, von seiner Frau, von seinem schönen Haus und von seinem Beruf. Maurer sei er, so erzählte er mir. Im Winter wenig Arbeit, im Sommer viele Überstunden. Er hatte seiner Familie ein Haus gebaut in der knapp bemessenen Freizeit. Wollte seiner Frau und sich etwas schaffen. So blieb es dann nicht aus, dass im Sommer übermäßig viele Überstunden anfielen. Er packte zu, wenn es galt, Geld zu verdienen. Das Haus musste abbezahlt werden.

Eines Tages kam er dann durch Zufall überraschenderweise etwas früher nach Hause. Seine Frau fand er im Schlafzimmer – nur nicht allein! Ein Bekannter war dort auch noch.

Noch am selben Abend zog er aus, denn dieses Erlebnis hatte ihm den Boden unter den Füssen weggezogen.

Er fiel ab nun aber so tief, dass er nicht mehr zu bremsen war. Nach etwa einem halben Jahr war er ganz unten angekommen. Beim Alkohol, ohne Arbeit, ohne Frau und ohne Haus. Nur noch der Himmel über ihm.

Als er nach circa einer Stunde mit dem Erzählen fertig war, schlug die Kirchturmuhr bereits 19 Uhr. Während dieser gesamten Zeit hatte ich ihn nicht einmal unterbrochen, ich konnte es nicht.

Ich drückte ihm die Tüte mit den paar wenigen Sachen in die Hand. Er nahm sie, schaute hinein und fing wieder an zu weinen. Er stellte die Einkaufstüte ab und drückte mir die Hand. Ganz fest und vor allen Dingen lange, so als wolle er sie gar nicht mehr loslassen.

Wir verabschiedeten uns voneinander mit meiner Zusage, dass ich ihm helfen werde und seiner Zusage, dass er morgen früh hier an dieser Stelle auf mich warten würde.

Am darauf folgenden Morgen saß er tatsächlich wieder auf der Bank und eine viertel Stunde später waren wir beide in einer Praxis eines mit mir befreundeten Arztes. Zehn Minuten später hielt mein lieber Freund, ich nenne ihn hier einfach Heinz, einen Einweisungsschein für das LKH Wehnen in seinen Fingern. 6 Wochen Alkohol – Entwöh-nungskur, die, so kann ich heute sagen, nochmals um 6 Wochen ver-längert wurden, sollten Heinz therapieren.

Den Hund brachten wir während dieser langen Zeit im Hunde-asyl unter.

Heutzutage wohnt Heinz in Oldenburg, hat eine kleine Woh-nung, arbeitet nicht mehr als Maurer, sondern in einer großen Fabrik, die Kunststoffteile für den Fahrzeugbau herstellt, hat eine neue, tolle Bekanntschaft und hat auch einen neuen Hund. Der kleine Schwarze war mit 12 Jahren verstorben.

Während dieser Zeit im LKH Wehnen habe ich Heinz ein paar Mal besucht und hatte ihm dabei versprochen, ihm wieder festen Boden unter den Füßen zu geben. Das habe ich geschafft und bin stolz darauf, einem Menschen geholfen zu haben, der es alleine eventuell nicht ge-schafft hätte.

Ich habe ihm diese Wohnung besorgt, habe ihm die Arbeit ver-schafft, ohne dass das bis heute irgendjemand weiß. Nicht einmal mei-ne Frau weiß von dieser Geschichte. Nur hat dieses Erlebnis mein Leben so geprägt, dass ich bis zum heutigen Tage Menschen, die manchmal unverschuldet in eine Misere geraten sind, helfen kann und dies auch mache.

Denn es ist nicht immer nur der Alkohol und die Faulheit, die einen Menschen aus der Bahn wirft!!! Manchmal genügen ganz banale Dinge!

Gott sei Dank habe ich hier in Bad Zwischenahn ein Kaufhaus, deren Inhaber, Franz heißt er, auch sonst und nicht nur zur Weihnachts-zeit, an mich denkt. So feiere ich manchmal Weihnachten im Februar oder Ostern einen Monat später als andere. Es macht dann aber doppelt so viel Spaß, wenn ich sehe, wie Kinder sich über einen kleinen Schokoladen- Osterhasen freuen können. Es ist toll und es macht mir Freude und das ist wichtig. Denn: man muss von Herzen geben können!

Moin, Helmut, moin, Hannelore.

Irgendwann in den siebziger Jahren hatten meine Frau und ich uns einmal ein Wohnmobil geliehen. Uwe, ein Bekannter und Geschäftsfreund von mir war so gut und verlieh uns für wenig Geld sein selbst ausgebautes Mobil. Ehemals als Paketwagen der Deutschen Bundespost unterwegs, war es zwar einfach und spartanisch ausgestattet, aber toll!

Zwei Wochen Urlaub durch die Berge machten wir mit diesem Ding, hin und her, kreuz und quer, so wie es uns gefiel. Danach stand für uns fest, dass wir uns, falls die Möglichkeit besteht und der Geldbeutel es zuließ, ein eigenes Wohnmobil kaufen würden. Es hat gar nicht lange gedauert, dann waren wir stolze Besitzer unseres ersten rollenden Heimes. Damit hatten wir uns nun einen lang ersehnten Traum erfüllt.

Nun ging es in den folgenden Jahren bis zum heutigen Tage kreuz und quer durch Europa, am liebsten sind wir allerdings, da sind wir ganz ehrlich, in Deutschland, denn hier ist es ohne Übertreibung am schönsten.

Die Schönheit und die wunderbare Vielfalt an Gegenden hat kein anders Land zu bieten. Sehr gerne fahren wir zum Beispiel an den Rhein und an die Mosel. Selbstverständlich sind aber auch das Lahntal und die Donau einmalig schön.

Jede Gegend hat nun mal ihren eigenen Reiz. Ganz oft fahren wir auch nur so zum Ausspannen über´s Wochenende in das ostfriesische Weener, nach Leer oder ins emsländische Papenburg. Wer einmal die eigentümliche Gegend in Ostfriesland kennen gelernt hat, verliebt sich in sie. Bremerhaven, Bremervörde, Jork oder Grünendeich im Alten Land, alles Orte, die zum Ausspannen und Urlaubmachen einladen.

So könnte ich weitermachen mit dem Aufzählen unserer unzähligen Urlaubsziele, wo es sich lohnt, sich diese einmalig schönen Gegenden anzusehen. Einmal durch die Holsteinische Schweiz, Plön, Malente, Rendsburg und Kappeln. Alles Orte, die wir mögen.

Dabei bräuchten wir gar nicht wegzufahren, denn hier im Ammerland, in meiner Heimat, ist es am schönsten. Meine Heimat, das Ammerland und das Oldenburger Land, das ist das Stückchen Erde, aus dem ich meine Kraft schöpfe. Aus diesem Grunde wohnen meine Frau und ich schließlich hier und möchten auch mit niemandem tauschen.

Wir wohnen dort, wo andere Urlaub machen!

Unser altes Wohnmobil, hier vor dem Posthotel „Ötztaler Hof" im Tiroler Ötztal, mit welchem ich manchmal täglich Fahrten für „meine" Bedürftigen und armen Menschen unternommen habe. Heutzutage ist dieses durch ein anderes Mobil ersetzt worden.

Manchmal sind wir aber auch nur so nach Bonn gefahren, um bei Hannelore Kohl Tee zu trinken oder auch nur mal zu gucken, ob Helmut zu Hause ist.

Das ist natürlich Quatsch, was ich hier erzähle, genau das habe ich aber immer erzählt, wenn wir unser Mobil reisefertig machten und uns dabei irgendjemand die wunderbare Frage stellte: „Wo wollt ihr denn schon wieder hin?"

Heutzutage kann ich das ja nun nicht mehr sagen, denn erstens regiert ja ein anderer und zweitens ist Bonn in der Zwischenzeit politisch verwaist. Eigentlich schade, denn ich persönlich kann mit Berlin als Regierungssitz überhaupt nichts anfangen. Hauptstadt hätte es meinetwegen werden können, aber zu mehr ist mir diese Stadt zu überdreht und zu hektisch und zu sehr mit überdrehten Menschen bevölkert. Da war mir das überschaubare Bonn doch schon viel, viel lieber.

Nie hätte ich es allerdings für möglich gehalten, dass dieser Spruch mit Helmut und Hannelore einmal Wirklichkeit werden würde. Zwar bekam ich von Hannelore dabei keinen Tee, worüber ich natürlich sehr, sehr enttäuscht war, aber Gott sei Dank wurden dann noch Kleinigkeiten wie Champagner, Trüffel, Kaviar und andere Delikatessen, die man so zum alltäglichen Leben benötigt, auf den Tisch des Hauses gestellt.

Ganz ehrlich, wenn mir irgendjemand einmal erzählt hätte, dass ich in meinem schönen Leben zu Gast bei Helmut und Hannelore Kohl sein würde, ich hätte ihm dieses nie geglaubt. Eher wäre für mich Atlantis wieder auferstanden. Es ist nun aber tatsächlich passiert, dass meine Frau und ich vom damaligen Kanzler eingeladen wurden. Das war für mich wie ein Sechser im Lotto! Lest nur die nächsten Seiten!

Der Nikolaus vom Ammerland.

Herbst 1994. Wieder einmal hatte ich mich ans Werk gemacht, um für meine bedürftigen Familien zu sammeln. Zusätzlich wollte ich in diesem Jahr aber auch für die Behinderten - Kindertagesstätte in Westerstede – Mansie sammeln. Nikolaus wollte ich spielen, das hatte ich mir fest vorgenommen. Nun war das ja in jedem Jahr das gleiche Spiel. Ich wusste ja nie im Voraus, ob es letztendlich auch dazu kommen würde, doch ich wollte mein Bestes geben und versuchen.

Ocholt, Apen, Westerstede, alles klapperte ich ab, bettelte und bettelte, um nur genügend Sachen für die Nikolausfeier zusammen zu bekommen. Sehr gut lief diese Sammlung in Ocholt, super in Apen, doch dann die Enttäuschung in Westerstede. Null war abends mein Sammelergebnis. Ich war restlos enttäuscht, sollte das Ganze doch für eine Institution in der Gemeinde sein. Nun bin ich ja einer, der sich von solchen Niederschlägen nicht entmutigen lässt. Ich packte wieder mein Wohnmobil und fuhr übers Land. Alle kleinen Geschäfte, alle Bäcker wurden angefahren. Abends zu Hause wurde dann noch all diejenigen angerufen, die ich am Tage nicht erreicht hatte.

Man mag es kaum glauben, aber am Ende der Sammlung hatte ich Sachen von beachtlichem Gesamtwert zusammengetragen. Ich war stolz auf mich und auf dieses Ergebnis und machte mich Ende November auf den Weg zu meinen Familien und zu der Heilpädagogischen Bildungsstätte nach Mansie. Ich spielte Nikolaus.

Ein paar Tage später, wir hatten schon den 5. Dezember 1994, fuhr ich dann am frühen Vormittag mit meiner Frau los. Es mussten noch so einige Einkäufe erledigt werden, schließlich war am nächsten Tag Nikolaus.

Als wir schließlich gegen elf Uhr wieder zu Hause eintrudelten, empfing mich Jan-Ole, unser Jüngster, mit den Worten: „Vadder, da hat einer vom NDR angerufen, du möchtest bitte zurückrufen. Die Nummer hab ich dort beim Telefon aufgeschrieben!"

„Ja ja", sagte ich so lapidar, weil ich im Glauben war, er veralbert mich. Was sollte denn schon der NDR von mir?

„Doch!", sagte er, als er meinen ungläubigen Blick sah, „kannst mir glauben, du sollst wirklich dort anrufen, die wollen etwas von dir!" Beim Telefon lag wirklich ein Spickzettel mit einer Telefonnummer. Eine Durchwahl. Ein Herr Schwierzy wollte angerufen werden. Eigentlich sagte mir auch dieser Name nichts, aber ich griff zum Hörer und wählte diese Nummer.

„NDR Studio Oldenburg, Schwierzy am Apparat", meldete sich eine Stimme. Nun war ich endlich überzeugt.

Man wolle gerne eine Reportage mit mir machen, sagte er mir und ob man denn wohl zu uns kommen könne. Ich bejahte und nur eine Stunde später saß ich mit den Leuten vom NDR zusammen. In diesem Zusammenhang erzählte Herr Schwierzy mir dann, dass dort beim NDR ein anonymes Schreiben eingegangen wäre mit einem Hinweis auf meine Sammelleidenschaft.

Am selben Abend, also am Abend vor dem Nikolausfest, wurde diese Reportage dann gesendet. Der Nikolaus vom Ammerland war geboren! Was allerdings mit dieser Reportage losgetreten wurde, konnte ich an diesem Tage noch gar nicht ahnen.

Mitte Dezember machte ich übrigens meine nächste Sammlung, dieses Mal in Bad Zwischenahn und für das AWO – Altenheim in Rostrup, denen ich dann am 2. Weihnachtstag einen schönen Nachmittag mit Kaffee und Kuchen und einer Lesung schenkte.

Anfang März 1995 wurde ich dann vom NDR– Funkhaus nach Hannover eingeladen. Meine Frau war hier selbstverständlich, wie auch bei allen anderen Einladungen, mit dabei. Reinhard Stein, Julia Westlake, Michael Thürnau, Menschen, die man sonst ja nur im Radio hört, hier hatten wir sie zum Anfassen.

Danach hatte ich dann wieder Ruhe, sodass ich auch wieder an meinem Kinderbuch, welches ich in Arbeit hatte, arbeiten konnte. So verging die Zeit bis zum Sommer 1995.

Ich saß gerade an meinem PC, war dabei, arbeitswütig die Tasten zu bearbeiten, als das Telefon klingelte. Ich meldete mich mit Namen, als sich am anderen Ende eine weibliche Stimme meldete.

„Ja, hallo, Herr Oetjen, hier ist das Bundeskanzleramt in Bonn, Frau Holler am Apparat".

„Na klar, logisch", antwortete ich, weil ich mich nun aber wirklich auf den Arm genommen fühlte. Ich überlegte fieberhaft, wem ich diese Stimme aus meinem Bekanntenkreis zuordnen konnte, kam aber nicht drauf. Es ist übrigens gar nicht so einfach, einerseits krampfhaft zu überlegen und andererseits auf die mir gestellten Fragen der anderen Person einzugehen!

„Ja, Herr Oetjen, hier ist Frau Holler aus dem Bundeskanzleramt in Bonn. Erschrecken Sie nicht. Wir möchten Sie und Ihre Gattin zum diesjährigen Kanzlerfest einladen".

Ich wusste gar nicht, was ich antworten sollte. Entgegen meiner sonstigen Gepflogenheit war ich nun sprachlos. Ich glaubte immer noch, dass sich hier jemand einen Spaß mit mir erlaubte. Als dann aber schließlich die Frage kam, ob ich ihr denn wohl einige Zeilen über das, was ich in meiner Freizeit mache und wie viele Menschen ich denn so unterstützte, schreiben würde, war ich überzeugt, dass hier doch alles mit richtigen Dingen zuging. Also hatte man auch dort im fernen Bonn von meinen Aktionen gehört.

Nur zwei Wochen später hatte ich eine Einladung zum Kanzlerfest 1995 auf dem Tisch liegen. Unmittelbar nach dieser Einladung kam eine zweite Einladung aus Bonn. Mein CDU – Abgeordneter Thomas Kossendey lud uns nach Bonn ein. Drei Tage die Bundeshauptstadt erkunden. Die Ministerien, das Abgeordnetenhaus, das Kanzleramt, der Bundestag, die Hardthöhe, ein Besuch bei der Wehrbeauftragten des Deutschen Bundestages, Frau Claire Marienfeld. Wir haben alles genossen!

Gleich anschließend waren wir dann beim Kanzlerfest in Bonn. Freitag, der 8. September 1995, ein Datum, welches sich in mir festgebrannt hat. Eben darum, weil ich letztendlich diese Einladung als Dankeschön für meine ehrenamtliche Arbeit, so wie sie auch gedacht war, aufgefasst habe. Ich habe mit meiner Frau diesen Tag und diesen Abend genossen wie noch keinen sonst in meinem Leben. Nicht einmal unser Hochzeitstag lässt sich mit diesem Tag vergleichen.

Ein außerordentlich sympathischer Politiker mit Ausstrahlung, Heiner Geißler. Auf das Zusammentreffen mit diesem Mann sind wir besonders stolz und hätten uns gern noch länger mit ihm unterhalten.

Jede Menge Polit – Prominenz, Abgeordnete, die man sonst nur vom Fernsehen her kannte. Schauspieler, Sänger, alles war hier vertreten. Am gleichen Abend noch bekam ich die nächste Einladung und das von einem Mann, den ich schon von jeher gerne mochte, weil er in der Politik immer mit Ecken und Kanten auftrat und stets seine Meinung, auch heute noch, felsenfest und beharrlich vertritt. Sein Name: Heiner Geißler.

Im Oktober 1995 besuchten wir ihn und seine Frau in Gleisweiler in der wunderschönen Pfalz, in der wir übrigens in jedem Jahr unseren Herbsturlaub verbringen. Dort in diesem winzig kleinen Weinort direkt an der Weinstraße haben die Geißlers ihr Domizil.

Die nächste Einladung ließ nicht lange auf sich warten. Diese kam aus Hannover vom CDU- Vorsitzenden, Christian Wulff. Natürlich nahmen wir auch diese Einladung dankend an.

Das ZDF in Mainz meldete sich auch. „Aktion Sorgenkind" und der „Fernsehgarten", wo wir die nächste Einladung auskosteten. Nicht eine dieser Einladungen möchte ich missen und habe mich über alle riesig gefreut.

Auf zwei Treffen bin ich aber noch besonders stolz und finde es toll, diese Menschen in meinem Leben kennen gelernt zu haben. Einer dieser beiden Menschen ist Horst Haitzinger aus München, der wohl beste deutsche Karikaturist und Zeichner, der seine witzigen und scharfen Karikaturen in der Nordwest – Zeitung zum Besten gibt.

Der Andere ist ein Zwischenahner Bürger, den aber mit absoluter Sicherheit ein jeder in Deutschland kennt. Er ist Deutschlands bekanntester Zeichner: Wolf Gerlach. Natürlich werden nun bei diesem Namen ganz viele nichtswissend mit den Schultern zucken. Wenn ich nun aber die Mainzelmännchen erwähne, weiß doch wohl ein jeder Bescheid. Seit 2004 übrigens hat er sich in den wohlverdienten Ruhestand begeben. Diese modernen Mainzelmännchen aber, dass muss ich ehrlich sagen, gefallen mir heutzutage nicht mehr!

Mit Freude kann ich auch den Zuwachs an Autogrammen an meiner bunten Wand betrachten. So hängen hier noch Ex – Bundespräsident Roman Herzog, den ich als „meinen Bundespräsidenten" bezeichne und schließlich Alt – Kanzler Helmut Schmidt. Aber auch auf die Grüsse von Dr. Helmut Zilk, Ex – Bürgermeister der Stadt Wien und seiner Frau Dagmar Koller bin ich richtig stolz.

Um bei den Treffen mit Persönlichkeiten zu bleiben, komme ich nun zum Schluss wieder auf das Wohnmobil, womit bei dieser Geschichte alles anfing. Irgendwann einmal hatte ich gelesen oder gehört, dass ein gewisser Volkssänger aus Bad Münstereifel sich ein Wohnmobil zugelegt hatte. Das ist eigentlich nichts Besonderes, denn viele Künstler aus der Unterhaltungsbranche haben in der Zwischenzeit die Annehmlichkeit eines Reisemobils kennen- und schätzen gelernt.

Das Reisemobil dieses Künstlers hat aber etwas ganz besonders an sich. Ich meine das Kennzeichen. Hat doch jedes Fahrzeug, werdet ihr sagen. Nun ja, das stimmt schon, aber dieses Kennzeichen lautet EU

110

– RO 1 und das ist schon einzigartig in seiner Ausführung. Außerdem ist es in Europa –Blau lackiert mit Europa – Sternen darauf.

Bei diesem Treffen lachte meine Seele, denn erstens mag ich den Menschen Heino, zweitens die Musik und drittens durfte ich einmal einen Traum in Europablau begutachten, das Hymer – Wohnmobil mit dem   EU-RO 1 - Kennzeichen.

Wenn ihr einmal irgendwo dieses Fahrzeug zu sehen bekommt, dann geht ruhig hin und holt euch ein Autogramm von – Heino! Wir haben ihn in seinem Café in Bad Münstereifel als ganz „normalen" und überaus sympathischen Menschen, der sogar zuhören kann, kennen gelernt. Wir, das waren die Mitglieder des Reisemobil - Klubs „Moin – Moin Ammerland". Und die waren stolz, einen Nachmittag mit Heino verbracht zu haben.

Die Idee für dieses Treffen kam wieder einmal von mir, denn nachdem ich meinen Bekannten erzählt hatte, wen wir besuchen wollen, hieß es nur: „Oh, können wir da nicht mit?"

111

Sie konnten, denn ich hatte zufälligerweise Heino´s Büroleiterin kennen gelernt. Die hat dann das ganze Treffen in Heino´s Ratscafe ermöglicht.

Mit 14 Wohnmobilen haben wir diese Tour angetreten und mit nur einem Kollegen haben wir diese Tour ganz zu Ende gefahren. Mit Krach und Schreierei, ich dachte zeitweise, ich befände mich in einem Kindergarten, verließ einer nach dem anderen diese Gruppe.

Kollegen??? Der eine hatte alkoholische, der andere private Probleme. Dem nächsten passte dieses nicht, dem anderen das nicht. Einen anderen störte das frühe Aufstehen, dem nächsten passte der Verlauf der Tour nicht.

Das erste „Erlebnis" mit der Gruppe kam bereits unmittelbar nach dem Heino – Besuch. Dort vor der Tür, nachdem wir gerade die Einladung genossen, seinen Kaffee und Kuchen verspeist hatten und uns mit Heino hatten ablichten lassen, sagte eine Frau aus unserer Gruppe: „Das hätten wir uns ja auch schenken können. Den Ar... mag ich sowieso nicht!" Ein Hammer in meinen Augen. Erst frisst man sich durch und dann beschwert man sich!

Nur ein Paar, mit dem wir bis zum heutigen Tage befreundet sind, begleitete uns bis nach Hause. Obwohl, ich hatte ein tolles Programm ausgearbeitet. Nur war es den Herrschaften wohl nicht genehm.

Treffpunkt für alle war die „Caravan" in Düsseldorf gewesen. Von dort aus ging es dann zum „Heino – Besuch" nach Bad Münstereifel. Weiter ging es am nächsten Morgen zum Deutschen Eck nach Koblenz. Weil dort kein Platz für 14 Mobile war, mussten wir ausweichen und übernachteten auf der Burg Ehrenbreitstein hoch über Koblenz. Weiter fuhren wir an der Mosel entlang bis Trier, weiter über die Saarschleife nach Saarlouis, dann über Pirmasens durch den Pfälzer Wald nach Edenkoben. Die nächsten Stationen waren noch Rüdesheim, Weilburg an der Lahn und Kassel, bevor es uns wieder nach Hause trieb. Uns hat´s gefallen!

Seit dieser Zeit habe ich nie wieder Kollegen, außer unsere Freunde Helga und Reinhold, zu einer Tour eingeladen. Ich habe das letztendlich als Lebenserfahrung mit einem Kleinkinderhaufen abgetan.

Das Wort „Kollegen" jedenfalls hatten diese Strategen entweder total aus ihrem Wortschatz gestrichen oder nie kennen gelernt.

Das Kanzlerfest 1995 in Bonn

Für meine Frau und mich war es nach unserer Hochzeit das schönste Fest, welches wir in unserem Leben feiern durften. das Kanzlerfest am 8. September 1995. Jede Menge Prominenz traf man hier. Alles, was auf der Promi-Bühne Rang und Namen hat. war hier vertreten. So z. B. Marie – Luise Marjahn, auf dem kleinen Bild oben rechts neben meiner Frau, der unvergessene FDP-Mann Erich Mende auf dem Bild unten links, der Kanzler mit einer bayrischen Trachtengruppe auf dem Bild unten rechts, Heino und Hannelore, die Gruppe Wind, G.G. Anderson, und, und und. Man kann sie gar nicht alle aufzählen. Man fühlte sich wie im Schlaraffenland, denn man bekam zu Essen und zu Trinken, was man wollte und, so viel man wollte!!! Natürlich suchte man sich so das Beste aus. Dieses Fest und die Einladung dorthin habe ich immer als Dankeschön für die ehrenamtliche Arbeit empfunden, die ich nun seit vielen Jahren mit großem Erfolg mache.

Wer will schon gerne.....?

„Frieder, wir arbeiten, bis wir 40 sind, geh´n in Rente und legen die Füße hoch!" Das war immer unser Spruch im Büro, wenn es mal nicht so lief und uns das Arbeiten keinen Spaß mehr machte. Frieder war mein Arbeitskollege und bis heute sind wir immer noch befreundet.

Natürlich war das immer so dahingesagt, aber wie schnell das mit dem „Füßehochlegen" geht, wurde mir Ende 1990 beigebracht.

Krank sein ist ja wirklich nichts Schönes. Für mich war es dann auch der Weltuntergang. Diese schöne Welt brach für mich zusammen, als im September 1990 der Orthopäde Dr. Horrig im Pius – Hospital in Oldenburg zu mir sagte, er hätte im linken Sprunggelenk meines Fußes einen Knochentumor festgestellt.

Eigentlich konnte das gar nicht sein, schließlich war ich kerngesund. Nun ja, der linke Fuß tat mir ein wenig weh, aber das war schon seit über zwei Jahren so. Trotzdem bestanden die Ärzte im Krankenhaus darauf, mich sofort zu operieren, man wisse schließlich nicht, ob dieser Tumor bösartig wäre.

Er war nicht bösartig, trotzdem fraß er sich durch mich hindurch, gleich wie ein bösartiger Tumor auch. Auch durch meine Seele! So kam ich dann im selben Jahr noch dreimal unters Messer. Danach glaubte man, mit Chemotherapie und einer Übermenge Tabletten dieses blöde Ding gestoppt zu haben. Leider war dies nicht der Fall, nur das wussten die Ärzte zu diesem Zeitpunkt noch nicht.

In der Zwischenzeit war es Ende November geworden und die dritte Operation stand unmittelbar bevor. Zwischen den einzelnen Operationen war ich jeweils nur für wenige Tage zu Hause und versuchte nun, so gut als eben möglich, den Tag rumzukriegen. Leider war das nur im Liegen möglich, denn mit dem Laufen haperte es gewaltig.

Mein Leben erhielt einen ersten riesigen Einschnitt so circa eine Woche vor dieser dritten Operation, die am 3. Dezember anstand. Das Telefon klingelte und mein herzallerliebster Chef war am anderen Ende. Nach einem Vorwurf, der mir die Sprache verschlug, und das will bei mir schon was heißen, saß ich nur eine Stunde später beim Arbeitsgericht in Oldenburg.

Diesen Vorwurf wollte und durfte ich nicht im Raume stehen lassen, dafür war ich zu sehr in meiner Ehre und in meinem Stolz gekränkt. Natürlich dürfen Chefs Vorwürfe gegen ihre Untergebenen

114

aussprechen, jedoch sollten sie darauf achten, dass dadurch nicht noch weitere Personen zu Schaden kommen. Hier wäre es fast der Fall gewesen, denn der Vorsitzende Richter des Arbeitsgerichtes in Oldenburg hätte sich fast totgelacht.

Natürlich war für mich nun der Arbeitsplatz dahin, aber das erledigte sich im Februar 1991 von selber, denn da lag ich schon wieder im Krankenhaus. Dieses Mal allerdings bei Dr. Sander im Evangelischen Krankenhaus in Oldenburg, denn ich war bei Glatteis ausgerutscht und hatte mir eine Bandscheibe aus dem Wirbel gequetscht. Dieses sollte nun repariert werden, was dann auch mehr oder minder gut gelang.

Nach der Reha-Kur, die ich gleich anschließend antreten musste, wurde mir dann angeraten, die Rente einzureichen.

Nur zwei Monate später war es dann so weit, ich war Rentner. Ein komisches Gefühl für mich, der von Haus aus eigentlich ein Arbeitstier war. Bei meinem letzten Arbeitgeber hatten wir schließlich auch eine 60 bis 70- Stunden - Woche. Und nun sollte plötzlich alles aus sein? Wie sollte ich denn den Tag rumkriegen?

Eigentlich war ich auch ja noch ein wenig zu jung für ein Rentnerleben, schließlich war ich ja erst gut vierzig Jahre alt. Da denkt man normalerweise noch lange nicht ans Aufhören. Ich jedenfalls nicht. Nun war es plötzlich aber Realität, welche ich hinzunehmen hatte.

Eine langweilige Sache für mich, allerdings nur bis zum Juli 1991, dann musste ich nochmals mit meinem Sprunggelenk ins Krankenhaus. Diesmal wurde ich allerdings nach Bremen – Lesum überwiesen. Professor Lenz in Bremen- Nord, - kleine orthopädische Klinik, aber super. Könnte ich glatt weiterempfehlen.

Hier wurde mir dann nach einer gründlichen Untersuchungs- - Prozedur im August das Sprunggelenk entfernt, es war einfach nicht zu retten gewesen.

Der Schock aber kam für mich im Januar 1993. Seit langer Zeit schon hatte ich über Schmerzen im Nacken und in den Schultergelenken geklagt. Natürlich kam als erste Diagnose Rheuma und die Überweisung in das Rote-Kreuz-Krankenhaus nach Bremen, die mit einer guten Rheuma – Therapie und hierbei mit einer speziellen Kältebehandlung arbeiten.

Nach der ganz normalen Eingangsuntersuchung hatte ich schon die Überweisung zur Lungenklinik nach Bremen – Ost in der Tasche, denn man hatte beim Röntgen irgendetwas in meiner Lunge festgestellt. Dort kam dann das für mich vernichtende Urteil: Lungenkrebs. Bis zur Operation durchlebte ich Wochen der Ungewissheit, war hin- und hergerissen in meinen Gefühlen und konnte diese schließlich fast nicht mehr bändigen. Alles gipfelte in einer hochgradigen Nervosität.

Irgendwann Anfang Mai schließlich landete ich dann mit dieser Sache wieder einmal im Pius-Hospital, doch dieses Mal in der Abteilung von Professor Stunkat, einem Lungenspezialisten.

Wieder wurden auch hier die äußerst unangenehmen Untersuchungen durchgeführt, welche aber ja notwendig für die Weiterbehandlung waren. So ließ ich alles über mich ergehen.

Am Abend vor der Operation war ich dann so weit mit den Nerven runter, dass ich die Stationsärztin während des Operationsvorgespräches unvermittelt anschrie. Ich wollte mich partout nicht operieren lassen, hatte eine panische Angst, die dann aber mit Beruhigungsspritzen unterdrückt wurde.

An diesem Abend, dem 9. Mai 1993 um 18 Uhr 05 rauchte ich meine letzte Zigarette vor der Tür des Pius - Hospitals. Meine Dunhill, eine einzige habe ich übrigens immer noch zusammen mit einem Feuerzeug in meiner Nachttischschublade liegen. Diese werde ich auch wohl weiter darin aufbewahren, um mich immer an meine Raucherzeit zurückzuerinnern.

Nach einer Woche im OP – Trakt wurde ich verlegt auf die Onkologie zu Professor Koch. Dort kam nun die Einstellung auf die Chemotherapie. Nach weiteren eineinhalb Wochen wurde ich dann nach Hause entlassen.

Ich freute mich riesig. Endlich raus aus dem Krankenhaus. Nur weg! Doch nun Zuhause angekommen, fiel ich urplötzlich in ein tiefes, schwarzes Loch. Ich saß am Tage nur noch im Wohnzimmer, grübelte und grübelte und sackte, nur bemerkt von meiner Frau, immer tiefer in dieses Loch hinein. Dieser tiefe Fall wollte überhaupt nicht enden und keiner konnte mir irgendwie behilflich sein. Andererseits ließ ich aber auch keinen an mich ran. Niemanden! Nicht einmal meine Herzallerliebste!

Der Fall ins schwarze Loch hätte fast in einem Fiasko gegipfelt. Ich setzte mich eines Tages in mein Wohnmobil, bestückt mit einer Übermenge an Schlaftabletten und fuhr einfach los. Dabei merkte ich nicht einmal, in welche Richtung ich fuhr. Ich wollte es einfach nicht glauben, dass ich nun wirklich geheilt war. Wieso musste ich es gerade sein, der dieses alles durchmachen musste? Ich wollte einfach nicht mehr.

„Unsere" Mühle am Meeresufer wartet auf die neue Saison.

Aufgewacht aus meinem bösen Traum bin ich in der Nähe von Scheessel in der Nähe von Rotenburg – Wümme zwischen Bremen und Hamburg. Dort stand ich mit meinem Mobil mitten in der Wildnis, (heute weiß ich, dass das eine Wildnis war) saß vor meinem Glas mit aufgelösten Tabletten und hatte wohl eine Zeit lang gegrübelt. Ich kann heutzutage nicht einmal mehr mit Bestimmtheit sagen, wer mir diese vielen Tabletten aufgelöst hat. Logisch, dass ich das selber war, aber, - beschwören könnte ich dies nicht.

Zu Verstand kam ich erst wieder, als es plötzlich an meinem Wohnmobil klopfte, jemand, bekleidet mit einem Hut und einer grünen Jacke, den Kopf hereinstreckte und fragte, ob mit mir alles in Ordnung wäre.

Nachdem ich dieses bejaht hatte, verabschiedete sich dieser ominöse Mann. Gleich anschließend schaute ich mit meinen verheulten Augen rundherum aus den Fenstern meines Wohnmobils. Weit und breit war niemand zu sehen. Ich war wach wie nie zuvor und fuhr schließlich in Tränen aufgelöst zurück nach Hause. Man sagt auch wohl, ich habe Rotz und Wasser geheult.

Ich sehe nun vielleicht jemand über diese Zeilen lächeln oder auch lachen, aber ich kann euch versichern, dass sich diese Geschichte genau so wie hier beschrieben abgespielt hat. Ich habe es damals so aufgefasst, als wäre es ein Wink von oben gewesen.

Gottseidank ist diese Geschichte für mich gut ausgegangen. Seit diesem Tage bin ich wieder lebensfroh und mache alles, was mein Herz erfreut. Auch meine Lebenseinstellung hat sich seitdem grundlegend geändert. So würde ich heute über irgendwelche Sachen laut lachen, über die ich mich noch vor Jahren tierisch geärgert hätte.

Eine Sache der Vergangenheitsbewältigung ist so für mich auch das Schreiben selbst und das kann ich hoffentlich noch lange. Auch wenn eines Tages keiner mehr meine Bücher, die Geschichten und Gedichte, die ich bis dato geschrieben habe, lesen wollte, würde ich trotz alledem nicht mit dem Schreiben aufhören.

Als ich im Herbst 1995 mit allem durch war und sich meine physische und psychische Situation so weit gebessert hatte, dass auch meine Seele wieder als geheilt galt, ging ich eines Tages bei einem Spaziergang auf den Ocholter Waldfriedhof, auf dem meine besten Freunde Fritz Siegmund und Fritz Dierks begraben liegen. Ich stellte mich vor einem der „Fritzens" hin und sagte zu mir: Ich lebe – du

Teufel kriegst mich nicht! Denn so enden wie meine Freunde, die mir hier zu Füßen lagen, wollte ich nicht.

Fritze - Freund!

Bei manch einem Geschehen oder Erlebnis wünsche ich mir, ich könne es ungeschehen machen, denn nicht alles im Leben läuft manchmal so glatt, wie man es sich gerne wünscht. Eitel Sonnenschein gibt es höchstwahrscheinlich nur im Leben einer Prinzessin. Ich weiß es nicht, denn ich habe bis heute noch keine kennen gelernt.

Das wahre Leben hingegen, in dem wir uns tagein, tagaus bewegen, kann rau und holperig sein und so manches Mal auch unwahrscheinlich hart und grausam zuschlagen.

Schicksal nennt man auch solche Erlebnisse. Jeder durchlebt diese und kennt solche Stunden. Jeder kennt diese vielen Berge, gegen die er rennt und Täler, in die man zu stürzen droht und die man dann liebend gerne einebnen würde. Es sind Geschehnisse, die man mit einem Handstreich aus dem Gedächtnis streichen möchte. Meist geht dies aber nicht oder es ist verdammt schwierig.

So war es auch bei dieser Geschichte und allzu gerne möchte ich sie aus meinem Kopf streichen, aber, es geht einfach nicht. Oft habe ich damit zu kämpfen und versuche nun schon seit 1995, diese Sache seelisch zu verarbeiten, wobei ich betonen möchte, dass so etwas unheimlich schwer ist.

Doch beginne ich von vorn. 1963 begann ich meine Lehre als Maler, Tapezierer und Lackierer. Drei lange Jahre, die so manches Mal kein Zuckerschlecken waren. Früher nämlich hatten die Lehrlinge im Gegensatz zu heute noch wenig, manchmal sehr wenig Rechte. Das bedeutete dann an vielen Tagen auch schon mal Schläge oder andere gemeine Sachen, die man einzustecken hatte.

Rechte, über das Wort konnte man früher nur lachen. „Guten Morgen, Meister" und „Guten Abend Meister" hieß es dann und der Tag bestand aus „Ja, Meister" und „Nein, Meister". Wehe, man versuchte mal aufzumucken!!?

Nur als kleine Bereicherung möchte ich hier ein Erlebnis einflechten, welches ich mit unserem ältesten Sohn Bernd hatte, nur um den Gegensatz von früher und heute zu erklären. Er erlernte bei einem kleinen Bäckereibetrieb in Torsholt bei Westerstede das Bäckerhandwerk.

Der Besitzer und Meister Franz war aus Elisabethfehn gekommen, hatte dort seinen Meister gemacht und sich gerade eben hier in Torsholt mit seinem ersten Geschäft selbstständig gemacht. Nun suchte er einen Lehrling, oder, so sagt man ja heute, einen Auszubildenden.

Nachdem sich unser Bernd, natürlich ohne Papa und Mama, denn wir hatten alle unsere Kinder zur Selbstständigkeit erzogen, dort vorgestellt hatte, bekam er diese Lehrstelle.

Tagelang und wochenlang erzählte unser Bernd dann immer, was für eine tolle Lehrstelle er dort gefunden hätte. Ich dachte in diesem Fall nur an meine Lehrzeit zurück. Auch die begann gut und hoffte insgeheim, dass das bei ihm auch so bleiben möge. Ich kann es hier vorweg nehmen, es blieb so.

Natürlich wollte ich mich von dieser tollen Lehrstelle überzeugen und fuhr dann einmal an einem freien Samstag zur Familie Schönhöft und stellte mich als „alter Herr" unseres Bernds vor. Schließlich musste ich doch mal den Meister und die Meisterin unseres Sprösslings kennen lernen. Zu sehen bekam ich Bernds „Arbeitskollegen" Brigitte und Franz Schönhöft.

Als wäre es abgesprochen, kam ich zufälligerweise zur Frühstückszeit, sodass auch ich zu einer Tasse Kaffee eingeladen wurde. An diesem Frühstückstisch verfolgte ich dann ein Gespräch, welches mir bis heute im Gedächtnis sitzt. Chefin Brigitte hatte gerade jedem von uns eine Tasse Kaffee eingegossen, als unser Bernd um die Sahne bat, die fast am anderen Ende des langen Tisches stand. Um nicht selbst mit seinem Arm über den gesamten Tisch zu fassen, sagte er zu seinem „Meister" und Chef: „Los Franzi, nun zock doch mal die Milch rüber!" Die Jugend - Sprache war in diesem Hause Gang und Gebe. Ich war schockiert! Aber eben positiv!

Dieser Umgangston bewirkte gleichzeitig auch, dass unser Junior mit Lust und Liebe zur Arbeit fuhr und dieses ist bis zu seinem betrieblichen Ausscheiden, bedingt durch eine Krankheit, auch so geblieben.

Zu meiner Zeit war das, wie schon beschrieben, ein wenig anders mit dem Verhältnis zwischen Meister und Lehrling. Es herrschte noch Zucht und Ordnung, so die Aussage des großen „Zampano" und „Herrn". Oh, wie habe ich diese Sprüche manchmal verflucht.

Schön waren dann immer die Tage, wenn die Berufsschule anstand. Zumindest im ersten Lehrjahr, denn in diesem hatte ich noch das große Glück, einen wahren Meister seines Fachs als Lehrer zu haben. Jan Frers aus Bad Zwischenahn.

Mit Lust und Freude bin an diesem einen Tag in der Woche nach Rostrup gefahren, um mich aktiv am Unterricht zu beteiligen. Das änderte sich aber schlagartig mit dem Beginn des zweiten Unterrichtsjahres, denn Jan Frers war in den wohlverdienten Ruhestand gegangen. Stattdessen bekamen wir unseren „Nachwuchskünstler", unseren lieben Herrn B. aus Lübeck. Ein totaler Neuling auf diesem Gebiet wollte und sollte uns etwas beibringen!? Nun ja, ich habe diese zwei langen Jahre fast ohne Schaden überstanden.

Schon zwei Jahre weiter in seiner Lehrzeit war damals ein gewisser Fritz Dierks aus Ocholt, Juniorchef des elterlichen Betriebes und irgendwann drauf und dran, diesen zu übernehmen.

In manchen Schulstunden, in denen die Klassen zusammengelegt wurden, saß er immer neben mir. Oft hat er mir geholfen, sei es in fachlichen Dingen oder mit Ratschlägen. Doch oft auch, eigentlich dürfte ich es gar nicht erwähnen, hat er mir auch mit seinem Berichtsheft „ausgeholfen".

Um das Ganze nicht auffliegen zu lassen, habe ich natürlich seine Berichte ein wenig im schriftlichen abgeändert und manchmal die Sätze umgestellt, aber fast komplett habe ich so manchen Bericht einfach abgeschrieben und übernommen.

Als Dankeschön meinerseits gab es dann schon mal eine Zigarette oder eine Cola, zu mehr langte es bei mir nicht, denn mein Monatslohn betrug zu der Zeit im Jahre 1963 ganze zwanzig Mark. Boooaaah! Ein Vermögen, kann ich euch sagen und ich wusste gar nicht, wo ich das viele Geld lassen sollte.

Bis zum zweiten Lehrjahr, also bis 1964, hielt das gute Verhältnis zu meinem Berufsschulfreund Fritz. Dann machte er seine Gesellenprüfung und wurde aus der Berufschule entlassen. Schade, denn damit verloren wir uns auch aus den Augen.

Irgendwann, nachdem auch ich bereits als Geselle bei einem Malerbetrieb in Aschhausen arbeitete, hörte ich einmal, dass Fritz auch nun auch seinen Meisterbrief gemacht und den elterlichen Betrieb übernommen hatte. So etwas sprach sich natürlich in den Kreisen rum.

Meine berufliche Laufbahn ging dann durch verschiedene Malerbetriebe, bis ich 1972 zu einer Maschinenfabrik nach Bad Zwischenahn wechselte. Ausschlaggebend war der Umstand, dass man früher als Malergeselle im Sommer viele, viele Überstunden machen musste und während der Wintermonate zum „Stempeln" ging.

Davon hatte ich die Nase voll und bewarb mich bei dieser Firma, die alles Mögliche auf dem maschinellen Sektor herstellte. Landwirtschaftliche Anhänger, Lkw-Anhänger. Kippbühnen, Hebebühnen, Tabakmaschinen für die Zigarettenfertigung, Förderanlagen und, und, und. Viele von diesen Sachen gingen in die weite Welt hinaus und man war stolz, auf das, was man hier leistete.

Förder- und Mischanlagen für die USA und Costa Rica, Tabakmaschinen für die USA und Frankreich, alles ging durch unsere Hände. Und, - Qualität war gefragt!

1976 bekam ich meinen ersten gesundheitlichen Knacks, denn als wirkliches Arbeitstier machte ich Überstunden soviel wie irgend möglich. 360 Stunden pro Monat waren keine Seltenheit und obwohl ich merkte, dass mein Körper dagegen rebellierte, machte ich so weiter. Ich wollte auf keinen Fall meine Arbeitskollegen im Stich lassen.

Das ging so weiter ein paar Monate lang, dann klappte ich zusammen. Totaler Erschöpfungszustand, sagte der Arzt, schrieb mich krank und beantragte noch in der Praxis per Telefon eine Kur für mich. Nur eine Woche später trat ich diese an. Vier Wochen Kur auf dem Katzenstein in Bad Wildungen. Hat mir richtig gut getan, obwohl mein Verstand nicht darauf reagierte. Denn, knapp aus der Kur wieder nach Hause entlassen, wütete ich wieder im Betrieb fast wie eh und je.

1977 kam der nächste Knacks. Magen- und Lungenprobleme machten sich bei mir bemerkbar. Zum ersten Mal in meinem Leben lag ich im Krankenhaus und wurde vom Kopf bis zum kleinen Zeh durchgecheckt.

Ich hatte meine Arbeiterei wohl wieder ein klein wenig übertrieben, denn meine Magenwände waren durch die viele Farbe, die ich so im Laufe meiner Tätigkeit eingeatmet hatte, kräftig angegriffen. Zeit, um diese dumme, eklige Staubmaske aufzusetzen, hatten wir ja auch nicht. Wie töricht!

"Frage nicht, was dein Ort für dich tut, frage, was du für deinen Ort tun kannst?" Das ist meine Devise und ich lasse nichts unversucht. Hier war ich mit zwei netten Damen auf der Messe in Essen und präsentierte den Gästen meine Heimat.

Mir wurde von Seiten der Ärzte angeraten, eine andere Arbeit zu suchen. Gut gesagt, denn mir gefiel mein Job und ich wollte gar nicht wechseln. Erst nachdem mir mein herzallerliebster Hausarzt drei Tage nach meiner Entlassung aus dem Krankenhaus, der Bericht lag inzwischen vor, die zweite Konfirmation meines Lebens „verpasste", machte ich mir zum ersten Mal Gedanken.

Zur gleichen Zeit schrieb ich Berichte für eine kleine Wochenzeitung. Motorsportberichte waren das hauptsächlich, doch gleich, ob Schützenfeste, Erntefeste oder sonst eine Veranstaltung, ich packte alles an. Alles in Text und Bild verpackt und ab zur Zeitungsredaktion.

Schon oft hatte ich diese Redaktion im Laufe der Zeit besucht und dabei auch die anderen Mitarbeiter des Hauses kennen gelernt. Und fast jedes Mal, wenn ich dort zu Besuch war, stand auf den Tischen eine Tasse Kaffee oder Tee, und ein tolles Arbeitsklima durchdrang jeden Büroraum. Nur so im Spaß hatte ich den Satz fallen lassen, dass auch mir ein solcher Job gefallen würde. „Ich warte drauf, dass hier jemand kündigt, dann übernehme ich den Laden!"

Nicht einmal im Traum hatte ich daran gedacht, dass dieser so dahin geworfene Spruch einmal Wirklichkeit würde. Als ich aber ein paar Tage nach meinem Krankenhausaufenthalt nachmittags um 15 Uhr wieder einmal in die Redaktion kam, um einen neuen Bericht über irgendein Motorradrennen abzugeben, wurde ich mit dem Ruf empfangen: „Wann kannst du anfangen?"

„Na, sofort!", antwortete ich, denn ich fasste diese Frage als Scherz auf. Sehr schnell kam ich allerdings dahinter, dass diese Frage im vollen Ernst an mich gestellt wurde.

Es war ein Schock für mich, denn dieser lax ausgesprochene Satz sollte nun Wirklichkeit werden. Ich, der auf dem Bau groß geworden war und in einer Maschinenfabrik die Farbpistole schwang, sollte nun die Schreibmaschine und den Kugelschreiber dirigieren?

Ich hatte ganz genau drei Stunden Zeit, um mich zu entscheiden. Entscheiden hieß in diesem Fall allerdings, dass ich bei meiner alten Firma kündigen musste, meine Frau musste gefragt werden und ich musste meine Gefühle ordnen. Dieses war schließlich ein gravierender Lebenseinschnitt und nicht so mit einem Handstreich abzutun.

Am selben Tage noch saß ich mit einem handgeschriebenen Lebenslauf und meinen Arbeitspapieren im Büro des „Allerheiligen" und am Morgen darauf setzte ich mich zum ersten Mal auf „meinen" Stuhl an „meinen" Schreibtisch in „meinem" Büro. Das war geschafft.

Von nun an war ich ein so genannter Bürohengst, bewaffnet mit Krawatte, Anzug und blank polierten Schuhen. Ich konnte es nicht fassen! Angestellt als Vertriebsleiter arbeitete ich mich dann im Laufe der Zeit in das Fach des Außendienstlers ein, denn ich sah anhand meiner Arbeitskollegen, dass im Anzeigenverkauf eine ganze Menge Geld zu verdienen war.

So nach und nach fuhr ich, so wie meine freie Bürozeit es zuließ, in ein außendienstfreies Gebiet und versuchte dort, den Händlern und Geschäftsinhabern Anzeigen zu verkaufen.

Anfangs klappte das nur mit mäßigem Erfolg, aber so nach und nach arbeitete ich mich in dieses Fach ein und nur vier Monate später bekam ich einen neuen Arbeitsvertrag als Außendienstler ausgehändigt.

Von nun an war ich tagtäglich draußen an der ‚Front‘. Kämpfen Stunde um Stunde, sechs Tage die Woche. Wochen, Monate. Zehn harte lange Jahre lang, das alles ist Außendienst. Bis 1987, dann tat mir mein linker Fuß weh. Irgendwann und urplötzlich. Ich weiß es nicht mehr, vielleicht bin ich eines Morgens mit diesen leichten Schmerzen aufgestanden, vielleicht war ich aber auch damit umgeknickt, ohne es zu merken, vielleicht irgendwo gegen ein Hindernis gestoßen? Wer weiß?

Ich kümmerte mich nicht weiter drum. Der Fuß konnte doch schließlich nicht machen, was er wollte. Genau so war meine damalige Einstellung zu meinem Körper. Schließlich konnte man doch nicht mit jedem kleinen Zipperlein zum Arzt laufen, wo wären wir da denn hingekommen. Wenn das Jeder machen würde!?

Starker Schnupfen? Kein Problem. Dicker Schal, Japan- Öl und Halstabletten waren das beste Mittel, um diese Tage zu überstehen.

Mit dieser Auffassung versuchte ich es auch, meinen linken Fuß zu überlisten. Ich strafte ihn ganz einfach mit Ignoranz. Manchmal ließen sich so die Schmerzen ganz gut aushalten. Tage waren darunter, da merkte ich diesen Druck überhaupt nicht.

Schlug allerdings das Wetter um, machte er sich wieder stärker bemerkbar. Dann zwickte es und ich mochte fast nicht mehr auftreten und den Fuß belasten. Und das im Außendienst!

Über zwei Jahre habe ich diese Schmerzen verdrängt, dann, 1990, kapitulierte ich. Es ging nicht mehr! Ich suchte einen Arzt auf, einen Orthopäden. Ich nahm den Besten, denn zu der Zeit war ich als Angestellter logischerweise privat versichert. Nach vielen Untersuchungen und Peinigungen schickte der mich in die Klinik. Nach vier Operationen entfernte man mir das Sprunggelenk des linken Fußes, es war von Knochentumor befallen.

Ab diesem Zeitpunkt ging alles ganz schnell, ich pendelte zwischen Krankenhaus und Zuhause hin und her. Eine schwere Rücken - Operation folgte unmittelbar auf einen Sturz hin, dann war wieder einmal der Fuß dran, bis ich endlich 1993 mit Lungenkrebs in der Klinik lag. Der Höhepunkt!

Zwischen meinen Operationen erübrigte ich auch noch Tage, um mich in die Nachsorge zu begeben. Die damalige Niemöller – Klinik in Bad Zwischenahn, das heutige „Alte Kurhaus“, war so immer meine Anlaufstation, in der man versuchte, mit Massagen, Lymphdränage und Bewegungsbädern meine unbeweglichen Knochen und Glieder wieder herzurichten.

Es war schon eine wirklich tolle Mannschaft, die man in diesem Hause hatte und die diese Maßnahmen zur damaligen Zeit durchführte. Alle waren hilfsbereit, immer zugänglich und, was das schönste für mich in diesem Hause war, man war hier keine Nummer, man war ganz einfach Mensch und das war ein angenehmer Nebeneffekt dieser Behandlungen.

April 1994. Auch nun war ich wieder in der Niemöller - Klinik „zu Gast". Bewegungsbäder hatte mir mein Hausarzt verschrieben. Drei Mal pro Woche und zehn an der Zahl. Dankend nahm ich diese Verordnung an, weil mir diese Anwendungen wirklich gut taten.

Ab meiner zweiten Anwendung, es war an einem Mittwoch, kam ein Mann zu uns ins Wasser, dem man offenbar die gleiche Therapie verordnet hatte. Gott sei Dank, denn nun war ich endlich nicht mehr der einzige männliche Plansch - Stratege in diesem Bad.

Nachdem wir nach einer halben Stunde das Bewegungsbad beendet hatten, ließen wir, weil es nur zwei Umkleidekabinen gab, den Frauen den Vortritt. Schließlich waren wir Gentleman genug, um nicht die Frauen warten zu lassen.

In der Zeit, in der wir nun im Wasser auf unsere Abfertigung warten mussten, erzählten wir uns so manche Geschichte. Über Gott und die Welt und alle anderen Sachen unterhielten wir uns. Nur nicht über uns selbst, denn keiner von uns beiden sprach wohl gerne über seine Krankheit.

So ging das bis zum letzten Tage meiner Unterwasser- Anwendung, einem Freitag. Ich freute mich schon, denn morgen sollte unser dreiwöchiger Urlaub beginnen. In die Berge wollten wir, nach Inzell in den wunderschönen Chiemgau. Unser Wohnmobil stand schon seit drei Tagen startklar zu Hause und wartete auf die Abfahrt.

Der Mann, von dem ich bis dato nicht einmal den Namen wusste, obwohl ich nun ja schon neun Mal zusammen mit ihm das Bad besucht hatte, stieg vor mir aus dem Wasser. Ich betrachtete seinen Körper, ausgemergelt, kaputt, übersät mit Narben. Auch das Gesicht, besonders die Halspartie waren mit Narben bedeckt.

Oh, Gott, dachte ich so, den Narben nach zu rechnen bin ich ja noch ganz gut weggekommen. Dieser Leidensgenosse hier hat sicherlich schon mehr durchgemacht.

Mit langsamen, beschwerlichen und mühsamen Schritten stieg er die Stufen der kleinen Treppe hoch, die aus dem Wasser herausführte. Man sah ihm an, dass ihm das Laufen und Gehen Schmerzen bereitete. Armer Kerl!

Wir beide gingen jeweils in unsere Kabinen, in denen unsere Kleidung hing und erst nun mit dieser Trennwand zwischen uns, hier in dieser Anonymität, begann dieses Gespräch, welches ich bis zum heutigen Tage nicht verarbeitet habe. Ein Gespräch, welches mich bis zum heutigen Tage begleitet, manchmal am Tage und durch Träume und ich werde es nicht los. Ich kann es nicht vergessen! Ja, sogar seine Stimme geht mit mir nicht aus dem Kopf!

Eigentlich begann unsere Unterhaltung ganz banal mit einigen Floskeln.

„So, Gott sei Dank, das war's ja erst mal wieder."

„Ja, bei mir ist nun ja auch erst mal Schluss", antwortete ich, „wir fahren ja morgen in den Urlaub, danach lasse ich mir wieder Bewegungsbäder verschreiben!"

„Wohin wollt ihr denn in den Urlaub!"

„Nach Inzell!"

„Wo liegt das denn", wollte er wissen.

„Ganz in der Nähe von Berchtesgaden und Bad Reichenhall. Super Gegend, musst mal hinfahren, wenn du wieder auf dem Damm bist!"

„Ja, eventuell mache ich das mal, wir wollten immer schon mal in die Berge. Hat bisher noch nicht geklappt, aber irgendwann wird das noch was. Rein in den Schnee, mal 'ne anständige Schneeballschlacht machen. Schnee kennen wir hier doch gar nicht mehr, guck dir doch mal das Mistwetter an!"

Es regnete in Strömen, was runter wollte. Ein Tag, der auf's Gemüt gehen konnte.

„Komm doch einfach mit," sagte ich flachsend zu ihm, „pack einfach deine Klamotten und rein ins Auto!"

„Nee, geht nicht, ich muss mal wieder ins Krankenhaus!", sagte er.

„Und wo gehst du hin?"

„Ins Pius", erzählte er, „zu Professor Koch!"

Pius - Hospital und Professor Dr. Koch sagte mir alles. Onkologie! Krebsabteilung! Ich grübelte noch, doch dann musste ich ihn, ob ich wollte oder nicht, nach seiner Krankheit fragen.

„Och", flachste er, „ich hab man bloß so´n bisschen Krebs, hier ein bisschen und dort ein bisschen."

„Wo hast du dir das denn eingefangen?" wollt ich wissen.

„Weiß ich eigentlich auch nicht, manche Sachen kommen einem ja man so zugeflogen. Aber ich hab gesehen, du hast da ja auch eine Riesennarbe. Was hast du da denn gemacht?"

„Ich hatte letztes Jahr Lungenkrebs. Hab auch bei Koch im Pius gelegen, operiert hat mich aber der Professor Stunkat!".

Einen Augenblick herrschte Ruhe, sicherlich bereitete ihm das Reden Schwierigkeiten. Dann erzählte er wieder.

„Ja, Lungenkrebs hatte ich ja auch. Wo kommt so´n Scheiß wohl her? Was hast du denn beruflich gemacht!"

„Ich war bei der Zeitung im Außendienst. Gelernt habe ich allerdings einmal Maler und Lackierer1"

„Was?", sagte er erstaunt und seine Stimme schien aufzublühen, „Maler und Lackierer? War ich auch! Wo hast du denn gelernt?"

„Bei Martens in Elmendorf", antwortete ich, „und du?"

„Ich hab´ Zuhause gearbeitet. Wir hatten einen kleinen Betrieb in Ocholt!"

Meine grauen Zellen arbeiteten wie wild und ich versuchte eins plus eins und zwei plus zwei und fünf plus fünf zu addieren. Klappte aber nicht.

„So, so, bei Johann hast du gearbeitet, war bestimmt schwer, was?"

„Ja, war ´ne ganz schön harte Zeit, aber ich hab sie ja gottlob überstanden. Du weißt ja, Lehrjahre sind keine Herrenjahre! Aber nun sag mal, dann müssten wir uns eigentlich doch kennen, oder? Wie heißt du denn?"

„Dierks!"

Ein Blitz traf mich! Erst dachte ich, mir würden die Beine weggezogen, denn ich ließ mich so dermaßen auf meine Bank fallen, dass diese einmal kräftig knackte. Mir schienen die Sinne zu entgleiten.

„Fritz, bist du das etwa?" fragte ich ihn mit trockenem Hals. Ich musste schlucken. Hatte ich doch hier nach 30 Jahren meinen Freund wieder getroffen, ohne ihn erkannt zu haben.

„Ja! Wie heißt du denn?"

„Fritz, ich bin's doch! Egon! Sag bloß, du hast mich auch nicht mehr erkannt?"

Nun traten wir beide aus unserer Kabine hervor und standen voreinander.

„Nee", sagte er, „du bist aber auch grau geworden! Warst du nicht schon mal größer?"

So standen wir dort, beide überwältigt von unserem Treffen. Mir kamen die Tränen in die Augen und ich war nicht dazu im Stande, diese zurückzuhalten.

„Mensch, Alter! Los, nimm deine Sachen, wir können ja auch draußen weiterreden. Ich muss nämlich jetzt gleich vor dem Mittagessen noch meine Sachen packen, bevor ich heute Nachmittag wieder ins Pius gefahren werde!"

Mit meinem Ärmel, ein Taschentuch hatte ich gerade nicht zur Hand, trocknete ich meine Augen.

„Ja, Fritz, dann mach's mal gut. Lass dich nicht piesacken. Wenn ich dann aus dem Urlaub zurück bin, komme ich dich besuchen!"

„Mach das! Ich würde mich freuen. Ruf aber vorher an, kann ja auch sein, dass ich schon wieder Zuhause bin!"

Mit einem „Tschüss, Fritz", einer Umarmung und einem kräftigen Händedruck verabschiedete ich mich.

Ein weiteres Treffen zwischen uns beiden erübrigte sich!

Als wir schließlich Anfang Mai aus dem Urlaub zurück kamen und ich diesen Stapel Zeitungen las, der sich während unserer Abwesenheit aufgetürmt hatte, entdeckte ich dann folgende Anzeige:

In Liebe und Dankbarkeit nehmen wir Abschied von meinem lieben Mann

Fritz Dierks
Geb. **.**.1945   *Gest. 24.4.1994*

Er wurde nach schwerer Krankheit viel zu früh von uns genommen.

Ich musste unwillkürlich schlucken und mir blieb fast das Herz stehen. Ich hatte einen Freund gefunden und nun doch für ewig verloren. Diesen Mann und Menschen, der so gegen diese heimtückische Krankheit zu kämpfen versucht hat und letztendlich diesen Kampf doch verlor.

Noch am selben Abend bin ich auf den Ocholter Waldfriedhof gegangen und habe nach kurzer Suche das frische Grab entdeckt. Über zwei Stunden habe ich dort auf der steinernen Umrandung des Grabes gesessen und geweint wie schon lange nicht mehr.

Alltag!

Seit 1995 wohnen wir nun schon wieder in Bad Zwischenahn. Die Zeit vergeht wie im Fluge. Über vierundzwanzig Jahre hatten wir in Ocholterfeld in der alten Strenge- Villa an der Gebhard- Strenge- Allee gewohnt. Dort war es schön, unsere Kinder hatten eine tolle Umgebung, alles passte, angefangen von der recht günstigen Miete bis hin zur Wohnlage. Freunde hatten wir dort in der recht langen Zeit gefunden, so zum Beispiel die Siegmund´s, die Burrichter´s und natürlich unsere direkte Nachbarin Frau Liebau, eine sehr nette, feine, alte Dame und die beiden Carstens´s. Ab und zu, so wie die Zeit es zuließ, ging ich mal rüber auf´n Bier, Tee oder Kaffee rüber. Mal klönen über Gott und die Welt.

Trotz alledem haben wir uns nie so recht heimisch gefühlt. Ich weiß nicht warum. Lag es daran, dass ich als gebürtiger Zwischenahner nicht in diese damals noch dörfliche Idylle passte?

Einige Schwierigkeiten aber hatte ich allerdings auch mir der Bevölkerung. Diese war 1971 noch recht konservativ und ließ so leicht keinen an sich ran. Man merkte das schnell, und so kapselten wir uns ab. Sonntagmorgens in die Kneipe zum Frühschoppen war eben nicht mein Ding, und als ich es doch das erste Mal probierte, dort Kontakte zu knüpfen, wurde ich von einer grölenden Menge, die dort am Tresen stand, empfangen: „Jungs, sauft aus, der Oetjen kommt. Neue Kunden, neue Runden!"

An diesem Sonntagmorgen habe ich mir ein Bier bestellt, ausgetrunken, bezahlt und bin gegangen. In den ganzen 24 Jahren habe ich nie wieder einen Fuß in diese Kneipe gesetzt.

Das soll nicht heißen, dass ich kein geselliger Mensch bin, ganz im Gegenteil, wenn es etwas zu feiern gibt, stehe ich in vorderster

Front. Nur diese Aufforderung mochte ich nicht. Habe ich nie gemocht! Ich habe ganze Kneipen freigehalten, jedoch nur aus freiwilligen Stücken und nicht unter Zwang. Dieses „du musst" mochte ich nie. Dann legte sich immer ein innerer Schalter um!

Engel mit Zigarre? Ein Foto eines Fensters des Alten Kurhauses in Bad Zwischenahn. Über diesen Engelskopf könnte man eine eigene Geschichte schreiben. Übrigens, es ist tatsächlich eine Zigarre, die seit Anfang der 50er Jahre dort steckt und jedes Mal bei einem Anstrich des Hauses mit übergestrichen wurde.

Oft habe ich nun in den vergangenen Jahren über diese schöne Zeit nachgedacht. Leider bekommt man nicht immer das, was man gern möchte, denn eines Tages stand „unser Haus" zum Verkauf. Da wir es aber nicht drauf anlegen wollten, mit in den Verkaufsstrudel hineingezogen zu werden, schauten wir uns nach einer anderen Bleibe um.

Wir hatten zwar schon etwas geahnt, schließlich sprach man mit den Nachbarn und so sickerte mit der Zeit doch das eine oder andere Gerücht durch.

Wir suchten! Eine neue Bleibe und die sollte möglichst in Bad Zwischenahn sein, denn dort spielte sich auch sonst unser gesamtes Leben ab. Es war und blieb meine Heimat.

Mit einer Portion Glück und Zufall hatte ich bald das passende gefunden. Mitten im Zentrum, mitten im Geschehen. Dort wohnen wir nun und lassen es uns so recht gut gehen.

Gott sei Dank aber bin ich eine Person, die nicht fünf Minuten still auf dem Stuhl sitzen kann. Ich höre schon wieder ein leises Fluchen von meiner Frau. Doch still auf dem Sofa sitzen und von morgens bis abends fernsehen, nein, nein, das ist nichts für Papas Sohn.

Die erste Tätigkeit die ich mir suchte, war die Betreuung der Wohnmobil – Touristen auf dem Platz am Badepark. Das ist bis heute meine Welt, in der ich voll und ganz aufgehe. Das geht jedoch nur, weil ich seit 1979 selbst begeisterter Wohnmobilist bin.

Mein Platz am Badepark, den ich hege und pflege und auf dem ich fast jeden Kollegen mit Freude empfange. Fast jeden, denn mit allen kom-me ich nicht klar, denn es gibt Strategen darunter, denen gehört die Welt, und solche Menschen mag ich nicht!

Ich organisiere Reinigungtage in Bad Zwischenahn. Keine Ahnung, ob mir das in die Wiege gelegt wurde oder ob es mir anerzogen wurde. Jedenfalls war es in meiner Kindheit so, dass ich von meinem alten Herrn eine „gepfeffert" bekam, wenn ich mal Bonbonpapier oder sonst was auf den Boden warf. Ich mag auch heute noch keine dreckigen Plätze und Wege, und wenn ich jemanden sehe, der sei-nen Müll wild entsorgt, könnte ich aus der Haut fahren.

Irgendwann hatte ich in der Zeitung gelesen, dass der Landkreis Menschen sucht, die als „Pate" für die Wertstoffstellen fungieren. Es gab für mich kein langes Überlegen, dann hatte ich den Telefonhörer in der Hand und begann die vorgegebene Nummer zu wählen. Seit dieser Zeit, es sind in der Zwischenzeit schon ein paar Jahre, mache ich diese ehrenamtliche Aufgabe. Zwei bis drei Mal in der Woche fahre ich mit Besen, Schippe und Müllsack bewaffnet zu „meinem Platz" und entsorge den Müll, den unsere „Zeitgenossen ohne Hirn", so nenne ich sie ganz einfach, hinterlassen.

Was aber manche Menschen achtlos ohne zu überlegen „entsorgen, ist fast nicht zu fassen. Auch die Werte, die manche entsorgten Dinge haben, scheinen diese Menschen nicht zu kennen. So habe ich einmal einen Teetopf von Villeroy & Boch aus dem Jahre 1895 im Altpapier gefunden. Ohne Kratzer und Macke!

Ohne jegliche Kratzer und Macken waren auch zwei Obstschalen. Eine aus dem Jahre 1890, die andere um 1910 herum. Italienisches Barock vom feinsten. Ob die Menschen wohl wussten, wie viel „Geld" sie dort entsorgt haben?

Doch auch komplette Hausstaubsauger – Ausstattungen, Herdplatten, Herde, Kühlschränke findet man neben den Glas und Papiercontainern. Kartoffelschalen, Damenbinden und andere Utensilien sind das Alltägliche! Gehört doch auch alles in das Altpapier, oder etwa nicht?

Ich weiß gar nicht, wer sich darüber aufregt. Sollen sich doch nicht so haben, diese Erbsenzähler. So oder so ähnlich sind sicherlich die Gedankengänge dieser Menschen.

In einer Reinigungsaktion, die ich vor Jahren auf dem Gelände des Badeparks durchführte, sammelte ich nur dort 6 große 180-Liter-Säcke voller Müll. Ohne Glas, denn das entsorgte ich gleich nebenan im Glascontainer.

Mit Freuden bin ich früher einmal im Monat zum Schnack „Dit und Dat op Hoch und Platt" des Heimatvereins zum Ammerland – Hus gefahren. Habe dann vorwiegend mit älteren Bürgern aus Bad Zwischenahn und Umgebung geklönt, habe Geschichten erzählt und aktiv in diesem Kreis mitgearbeitet.

Jedenfalls so lange, bis ich unbewusst mit einem Mitglied des Heimatvereins zusammenrasselte. Dieser „Kontrahent", mochte mich nicht und ich ihn auch nicht. So könnte man diesen Zwist auf einen Nenner bringen. Nachdem er mir auf einer dieser Veranstaltungen so richtig „quer" kam, war das für mich der Anlass, um mich aus dieser Runde zu verabschieden. Schade, denn ich war gerne dort. Es hat mir nämlich Spaß gemacht.

Fast mein zweites Zuhause war bis vor ein paar Jahren das „Heuerhaus" des Heimatvereins an der Straße „Unter den Eichen" in der Nähe der Kurklinik. Auch dort kamen wir einmal monatlich zusammen, um mit Gästen am offenen Herdfeuer über Gott und die Welt zu sprechen.

So saß auch ich während der Saison mit in dieser Runde am qualmenden Herdfeuer und erzählte den Gästen Geschichten aus der Heimat. Hier aber unter Regie des Ökumenischen Arbeitskreises der

Kurklinik. Auch das habe ich mit Liebe gemacht. Bin dort mit Freude und viel Elan hingefahren und habe viele Stunden in diesem Haus verbracht.

„Mein Haus", das Heuerhaus des Heimatvereins an der Straße „Unter den Eichen", in dem ich jeden kleinen Stein erklären kann. Nur die Freude daran wurde mir durch viel Arroganz auch genommen.

Hintergrund meines Elans war die Herkunft dieses Heuerhauses, denn dieses stand bis 1912 an der Stelle in Helle am Nordufer des Zwischenahner Meeres, wo ich aufgewachsen war. Jeden kleinen Winkel kannte ich in diesem Haus und konnte den Gästen erklären, wenn Fragen auftauchten.

Oft bin ich, wenn ich mit Gästen eine Radwanderung um das Zwischenahner Meer machte, dort eingekehrt, um denen dieses Kleinod zu zeigen. Das machte ich solange, bis auch wieder dieser Kontrahent vom Heimatverein mir einen Strich durch die Rechnung machte. Seitdem habe ich dieses Haus nicht mehr betreten.

Radwanderungen biete ich hier in Bad Zwischenahn an und das auch noch kostenlos. Hierbei möchte ich den Gästen meine Heimat zeigen, die wirklich wunderschön ist. Es gibt hier Stellen, da möchte ich den ganzen Tag verweilen. Oft mache ich morgens schon um halb sechs meine erste Runde um den See. Stille, Ruhe, nur Vogelgezwitscher und ab und zu das Blöken einer Kuh. Gibt es etwas schöneres? Ich brauche kein High-Life und Hully – Gully!

Fast hätte ich doch etwas vergessen. Die Politik. Auf dem Sektor bin ich natürlich auch tätig. Ein spannendes und vor allen wichtiges Thema, was eigentlich einen jeden von uns betreffen sollte.

Ich kann mit Fug und Recht behaupten, dass die Politik und vor allem Instrumente wie zum Beispiel freie Wahlen bei mir oberste Priorität habe. Nur ein Mal in meinem Leben habe ich eine Wahl versäumt. An diesem Tage lag ich mit einer schweren Lungenentzündung im Bett.

Ansonsten sehe ich es als meine Pflicht an, zur Wahl zu gehen. Aber es kommt auf die Einstellung zu solchen Dingen an und auch hierbei ist es eine Erziehungssache, denn wenn mir im Elternhaus dieses „Scheißegal – Was soll der Blödsinn?" eingetrichtert wird, kann nichts Gescheites dabei herauskommen.

So versuche ich nun, die Geschicke des Ortes nach besten Wissen und Gewissen zu gestalten. Ein paar Dinge habe ich schon bewegt! Oft ist es aber auch so, dass man sich mit guten Vorsätzen an ein Vorhaben heranwagt und letztendlich kommt dann doch etwas ganz anderes heraus, als man vorher dachte.

Hier im Rat sitze ich, wie kann es anders sein, im Kulturausschuss und weiter ist dann für mich ein ganz wichtiger Aspekt der Straßen- und Verkehrsausschuss.

Mein Hauptaugenmerk liegt in der Touristik. Also habe ich mich darum bemüht, um in den Aufsichtsrat der Bad Zwischenahner Touristik GmbH zu kommen und habe es letztendlich auch geschafft.

Das ist für mich ein Instrument, um einen Überblick über den wichtigsten Wirtschaftszweig zu haben, den Bad Zwischenahn hat, denn rund 42% aller Beschäftigungsverhältnisse sind in der Touristik beheimatet.

Selbstverständlich haben wir auch Industrie, schließlich leben wir nicht hinter dem Mond. Betriebe wie das Ziegeleiwerk Röben, Hüppe – Duscha, Rügenwalder und andere sind unsere Vorzeigefirmen.

Auf eine Firma sind wir aber besonders stolz und ich bin froh, dass wir sie in Bad Zwischenahn haben. Die Firma Bruns – Baumschulbetriebe.

Übrigens, 5% aller in Deutschland verkaufter Baumschulware kommt aus Bad Zwischenahn und maßgeblichen Anteil daran hat die Firma Bruns.

Kurz gesagt: Politik macht Spaß. Man muss sich nur für sie interessieren. Man darf sich nicht nur durch die so genannten Besserwisser, Ignoranten und Nörgler aus dem Konzept bringen lassen. Dann hat man verloren. Jedenfalls kann ich bis zum heutigen Tage immer noch erhobenen Hauptes durch den Ort laufen!

Eng arbeite ich mit den Kirchen zusammen, gleich welcher Konfession. Oft werde ich eingeladen zu Senioren – Nachmittagen, an denen ich dann Geschichten oder Gedichte vortrage.

Und, - alles macht mir Spaß!

Hochzeiten.

Nun muss ich doch mal die männlichen Leser ansprechen mit der Frage, ob ihr denn schon mal in der langen Zeit eurer Ehe eure Frau verwöhnt habt?

Ich habe!

Wollt ihr wissen, wie? Na, denn will ich euch das erzählen, damit dass eventuell der eine oder andere nachmachen kann oder dass ich den einen oder anderen auch auf eine Idee bringe.

Ich hatte mir zum Verwöhnen unseren Hochzeitstag ausgesucht. Was passt auch besser? Ich nahm den 25., den Silberhochzeitstag. Trotzdem muss ich bei dieser Geschichte mit unserer Grünen Hochzeit beginnen, damit auch jeder den Sinn versteht.

Also, unsere Hochzeit liegt ja schon lange zurück. 1968 trauten wir uns, das heißt, wir mussten uns trauen, denn es war Hochzeit. Quatsch, Hochzeit war. Noch nicht verstanden? Es war höchste Zeit!

Nun ja, ich wollte doch damals nicht zu der Sorte Männer gehören, die aus Liebe heiraten.

Nein, nein, ich habe meine Angebetete damals schon angebetet und heutzutage liebe ich sie immer noch und das nach so langen Jahren.

Klar, auch bei uns in der Ehe ist an manchen Tagen Gewohnheit an der Tagesordnung, dass heißt aber nicht, dass die Tage immer so vergehen.

Obwohl, und da bin ich ganz ehrlich, als mein Körper noch so wollte wie mein Kopf, habe ich viel mehr im Haushalt geholfen. Heutzutage sitze ich manchmal im Wohnzimmer oder in der Küche und mag mich vor Schmerzen kaum rühren.

Dann ist der Wille nur Schall und Rauch und die Arbeit bleibt liegen. Somit kann ich mit Stolz behaupten, meine Frau ist klasse, denn wenn ich sie nicht hätte, würde hier manches im Argen liegen.

Einen riesigen Berg Arbeit nimmt sie mir ab, meine Krankenschwester, meine Masseurin, meine Friseurin, meine Haushälterin, meine Kinderfrau, meine Putzfrau und, und, und. Eben, meine liebe Frau.

Geheiratet haben wir in Brake an der Weser. Dorther kommt gebürtig meine Herzallerliebste. Vollkommen spartanisch war diese Hochzeit von den Schwiegereltern ausgerichtet. Wie schon erwähnt, es wurde höchste Zeit. Die kirchliche Trauung wurde vollzogen in der St. Marien - Kirche. Wer mal nach Brake kommt, sieht diese Kirche schon von weiten. Ein hoher Kirchturm mit einem riesigen Anker obenauf. Dann ging es von dort aus zur großen Hochzeitstafel ins schwiegerelterliche Haus! Dort im ausgeräumten Wohnzimmer feierten wir mit den Verwandten, Bekannten, Nachbarn und Freunden bis in die tiefe Nacht.

Kein Geld, keine Hochzeitsfeier!

Die hölzerne Hochzeit war dann schon etwas größer. Doch auch die wurde nur in unserer Wohnung in Ocholt gefeiert. In unserer gesamten Ehe waren weder meine Frau noch ich darauf aus, riesige Feiern auszurichten. Es lag uns einfach nicht.

Aber dann an der Silberhochzeit schlug ich zu. Nun kam mein großer Auftritt. Wir feierten zu zweit! Und ich kann euch sagen, von der Silbernen Hochzeitsfeier werden wir noch in zwanzig Jahren reden, falls wir dann noch leben. Denn diese Feier war bombastisch und einmalig. Glaubt ihr nicht? Wartet nur.

Die Feier begann eigentlich schon in Bad Zwischenahn bei einem meiner Kunden. Zu dieser Zeit war ich ja schon drei Jahre lang nicht mehr im Berufsleben und trotzdem hatte ich zu meinen ehemaligen Kunden immer ein freundschaftliches Verhältnis.

Die kleine Aue am Kurpark.

Auch heute noch, über 15 Jahre nach meinem Berufsleben, gehe ich immer noch bei einigen damaligen Kunden ein und aus. Es gab von damals her immer ein Vertrauensverhältnis zwischen beiden Parteien und dieses Vertrauen hält bis heute. Jeder sollte wissen, dass man sich auf mich verlassen kann.

Ein Kunde meiner beruflichen Zeit war das Reisebüro Brumund. Dort in diesem Reisebüro begann ich die Planung meiner Silberhochzeit. Ich bestellte Tickets für die Oper „Figaro". Nur fand diese Oper nicht hier in der Nähe statt, sondern in Wien und dahin sollte unsere Reise führen.

Wien, die Stadt der Liebe, jedenfalls für uns! Meine Frau wusste und ahnte nichts, wohin es gehen sollte. Nur dass wir eine Reise mit dem Wohnmobil unternehmen würden, hatte ich ihr schon erzählt. Auch dass sie ihr „kleines Schwarzes" mitnehmen müsse. Ansonsten hatte sie keine Ahnung vom Verlauf dieser Tour.

Die Tour begann. Täglich fuhr ich ein Stückchen. Bis Kassel, bis Regensburg, dann stand der erste Stopp ins Haus. Einen Tag machten wir halt in dieser schönen Stadt. Gerade rechtzeitig fanden wir das Ziel, als im Schloss des Fürsten von Thurn und Taxis im Süden der Altstadt eine Versteigerung begann. Der Fürst war gestorben und nun ließ Gloria ein wenig vom Nachlass unter den Hammer kommen.

Die nächste Station war Passau. Traumhaft schön, diese Drei-Flüsse- Stadt. Meine Frau versuchte herauszubekommen, wohin die Reise ging. Ein von ihr angedachtes und eventuell auch erträumtes Ziel war immer Venedig. Ich ließ sie in dem Glauben.

Es ging weiter die Donau hinab über Obernzell, Linz, Enns Melk, Krems bis hin nach Wien. Mein Ziel, aber nicht das meiner Frau! Für Sie ging es weiter.

Wir verbrachten ein paar Tage in Wien, der Tag, unser Tag rückte immer näher. Nun ist es aber so, dass man mit einem Wohnmobil in Wien nicht mal so irgendwo stehen kann. Also suchte ich den Prater. Dort gibt es mit Sicherheit große Parkplätze. Nein, es gab kleine Parkplätze, dafür pro Nacht 20 Deutsche Mark. Wir blieben!

Umso schöner war es dann, als wir am Abend nach einer ersten kleinen Tour in den 1. Bezirk zu unserem Mobil zurückkamen und unsere Bekannten mit ihrem Mobil neben uns standen. Die Freude war groß. Sie waren unterwegs nach Ungarn.

Am nächsten Morgen, nachdem die Bekannten weitergefahren waren, machten wir uns auf die Suche nach einem geeigneten Stellplatz für unseren Wagen. Quer durch den Prater und schon hatten wir reichlich Platz, denn direkt hinter dem Prater beginnt das Messegelände.

Dort bezogen wir Quartier, doch in der zweiten Nacht wunderten wir uns über den doch recht reichlichen Autoverkehr. Nach zwei- bis drei Mal Gucken entdeckten wir, dass wir mit unserem Mobil auf Wien´s Straßenstrich standen.

Oh, wie schön!

Am nächsten Tag standen wir in Döbling, einem „wein"erlichen Vorort Wien´s, ähnlich wie Grinzing, jedoch nicht ganz so überlaufen. Trotzdem waren alle Weinlokale überfüllt, schließlich war Mitte Oktober. Beerenlese. Heurigenzeit!

Am nächsten Tag standen wir wieder am Prater, hatten jedoch durch Zufall einen anderen Platz entdeckt, auf dem wir ruhig standen.

Nur noch ein Tag!

Wieder fuhren wir in den 1. Bezirk. Ich musste doch noch die in Bad Zwischenahn bestellten Karten für die Oper an einer Konzertkasse abholen. Gemacht, getan. Nun war mein Tag, der Tag für meine Herzallerliebste, meine Überraschung für sie, perfekt.

Der Hochzeitstag war da. Ich weiß nicht, ob meine Frau nun enttäuscht war, dass es nicht weiterging in Richtung Venedig. Im Nachhinein sicherlich nicht mehr.

Ohne Frühstück verließen wir unser Wohnmobil, denn das gehörte mit zu meinem Plan. Frühstück gab es für uns im „Sacher". Auch das war von mir vorgeplant! Um aber dort am Hotel direkt vor der Tür auszusteigen, bedarf es einer Kutsche, einem Fiaker, wie man in Wien sagt.

Mit der kamen wir vor dem „Sacher" vorgefahren, man hielt uns die Tür auf. Galant und mit einem tiefen „Bückling" bat uns der Portier ins Hotel. Dort traf uns dann der Schlag. Man hatte für uns einen Tisch präpariert. Direkt unter einer riesigen Herkulessäule stand unser Tisch. Einmalig schön mit Silberkranz und diversen Kleinigkeiten geschmückt.

Drei Stunden Frühstück im Hotel Sacher.

Zum Abschied, nun um einige Scheinchen erleichtert, gab es noch eine Original „Sacher – Torte".

Punkt 2 meiner Überraschung war ein Besuch im Wiener Naturkunde – Museum. Am Nachmittag ging es dann wieder zurück zu unserem Mobil. Ein wenig die Beine lang machen und die Füße massieren, denn der Höhepunkt, von dem meine Frau immer noch nichts ahnte, stand ja noch bevor. Schließlich hatte ich immer noch die Opernkarten.

Das war dann Punkt drei meiner Tagesordnung. Gegen 18 Uhr schälten wir uns in die besten Klamotten, meine Frau in das kleine Schwarze und ich rein in Frack und Zylinder und ab ging's zur Staatsoper Wien, übrigens direkt neben dem Hotel Sacher.

Woow! Wäre meine Frau nicht schon die meinige gewesen, ich hätte ihr auf der Stelle einen Heiratsantrag gemacht. Ein heißer Feger!

Dann aber bei der Platzsuche fiel ich selber fast vom Hocker, denn man hatte uns die schönsten Plätze überhaupt reserviert. Nicht vor der Bühne, nein, nein, eine Etage höher saßen wir.

Wer kann sich noch an die Sissi – Filme erinnern? Eine Szene aus einem Sissi - Film wurde in der Staatsoper gedreht. Man sieht Kaiser Franz mit seiner Sissi unter einem fürstlichen Baldachin sitzen und ihr könnt es glauben, genau dort saßen auch wir!

Ein Abend wie im Traum. Glaubt es mir, alles habe ich von zu Hause aus gemacht! Es geht! Wir gingen anschließend noch auf ein Glas Wein ins Theaterrestaurant. Sozusagen als krönender Abschluss unserer Silbernen Hochzeit. Mit niemandem hätten wir tauschen wollen. Tausende von DM oder heutzutage Euros rauswerfen, nein, das war nicht unser Ding.

Unsere Hochzeitstour war damit aber immer noch nicht beendet, denn in Gedanken war auch ich schon in Venedig. So fuhren wir am nächsten Tag die A 2 runter durch das Burgenland, durch Kärnten rüber nach Italien. Doch dann kamen wieder die hohen Berge und damit auch die Sehnsucht nach Cortina d´Ampezzo, denn auch das war irgendwann schon mal ein Anlaufpunkt gewesen.

In Cortina angekommen, regnete es Bindfäden und der Himmel war wolkenverhangen. Ich tröstete meine Frau mit den Worten, am nächsten Morgen bestimmt Sonne und Schnee auf den Berggipfeln zu haben. Trotz des grauseligen Wetters machten wir einen Gang durch die Stadt und fanden irgendwann auch ein kleines Lokal, in dem nur Einheimische verkehrten. Wir bestellten uns Pasta und einen Roten, ließen es uns schmecken und machten uns dann wieder auf den Heimweg.

Am Parkplatz angekommen, standen neben uns noch ein LKW, beladen mit Strohballen und ein Reisebus aus Augsburg. Alsbald waren wir eingeschlafen.

Wach wurden wir am nächsten Morgen durch lautes Stimmengewirr neben unserem Mobil. Ich öffnete das Fenster und glaubte nicht, was ich dort sah. Schnee! Viel Schnee!

Es schneite, was runter wollte. Das steigerte sich zum Fiasko, zur Katastrophe, denn innerhalb von nur vier Stunden fiel ein halber Meter Schnee. Es schneite so stark, dass man die Fahrzeuge links und rechts von uns nur noch schemenhaft erkennen konnte, obwohl sie nur zwei Meter entfernt standen.

Wir schälten uns aus dem Bett, um zu gucken, was draußen los war. Ich stand fast bis zu den Knien im Schnee. Der Busfahrer neben uns fluchte. Sagte, dass er um 10 Uhr seine Gruppe in Bozen an der Auto-bahn abholen müsse. Die Zeit wurde knapp, denn es war bereits kurz vor Neun. An eine Abfahrt war aber nicht zu denken. Wir brauchten keinen Gedanken daran verschwenden. Unmöglich.

Am Nachmittag gegen halb zwei bekam der Busfahrer telefonisch Bescheid, dass von der Bozener Seite her das Militär mit Räumfahrzeugen unterwegs sei, um die Strecke frei zu bekommen. So kamen auch wir frei.

Der Rest der Tour ist eigentlich schnell erzählt. In Etappen bewegten wir uns langsam der Heimat entgegen, schließlich ging unser Urlaub zu Ende.

Hochzeit wurde aber dennoch gefeiert, denn als wir zu Hause ankamen, war unser Wohnzimmer über und über mit Blumen und Geschenken geschmückt. Das Werk unserer Kinder. Es war toll.

So reservierte ich in einem ländlichen Lokal einen Tisch und lud alle Verwandten ein. Wir waren gerade mit dem Essen durch, als uns die nächste Überraschung erwartete. Einige aus der Runde wussten, dass ich ein großer Fan von schottischer Dudelsackmusik bin und hatten Fred aus Jaderberg eingeladen. Fred ist Bandleader der „Happy German Bagpipers", einer deutschen Dudelsackkapelle. In voller „Montour" mit aufgeblasenem Balg, stand er vor der Tür und „versüßte" und den Abend. Logischerweise bekam er auch von den übrigens Gästen, die im Lokal saßen, Applaus.

Das war also unsere Silberhochzeit. Nun überlegt mal allen Ernstes, feiert ihr eure Feiern, damit andere etwas zu feiern haben, oder feiert ihr für euch? Wir haben für uns gefeiert, denn es war unser Fest! Wie schon erwähnt, über diese Tour sprechen wir in 20 Jahren noch!

Nikolaus.

Manche Dinge im Leben vergisst man nie wieder. Da kannst du noch so viel um die Ohren haben, an solche Geschichten erinnert man sich nach vielen, vielen Jahren noch. Manche dieser Geschichten sind allerdings negativer Natur und daran erinnert man sich auch, jedoch mit Grausen.

Meine Geschichte, die ich erleben durfte, macht mich froh und ich blühe jedes Mal beim Erzählen richtig auf. Dabei bin ich nur eine Randfigur. Die Hauptperson heißt Dennis und war bei Entstehung dieser Geschichte stolze 6 Jahre alt.

Doch beginnen möchte ich mit Klaus. Klaus ist ein langjähriger Bekannter, mein jetziger Freund, ein Weihnachtsmann – Kollege, denn ich bin immer noch der offizielle Zwischenahner Nikolaus und Weihnachtsmann, Klaus ist mein Klön – Kumpel, aber auch mein Mitstreiter in Sachen Politik und gleichzeitig auch mein Fraktionskollege und letztendlich ist Klaus der stellvertretende Bürgermeister. Und dieser Klaus hatte ein Erlebnis, von dem auch ich profitierte.

Bürgermeister und deren Stellvertreter haben es nun mal so an sich, dass sie irgendwann zu irgendwelchen Empfängen, Feiern oder Ausstellungen oder Geburtstagen müssen. Als offizielles „Empfangsteil" sozusagen.

Klaus bekam so ca. Anfang November eines Jahres den „Auftrag", sich als stellvertretender Bürgermeister zur Jahresausstellung des Kaninchenzuchtvereins zu begeben. In der Turnhalle des Nachbarortes fand diese Ausstellung statt. Mit im „Rucksack" hatte Klaus auch einen Scheck für die Vereinskasse. Dieser Scheck saß allerdings auch noch dort in der Innentasche, als Klaus schon wieder auf der Heimfahrt war.

Ein kleiner Junge hatte ihn so durcheinander gebracht, dass er an dieses wichtige Geschenk gar nicht mehr dachte. Der kleine Junge hieß Dennis und war ein kleines, aufgewecktes Bürschlein. Er wäre ein Aussteller, hatte er Klaus erzählt, denn er züchte auch schon genau wie sein Papa, Kaninchen.

Dieser kleine Dennis hatte wohl an Klaus einen Narren „gefressen" und umgekehrt auch. Klaus jedenfalls hatte dem Kleinen für eine Tombola zwei Euro in die Hand gedrückt. Einfach so.

Nach einigen Gesprächen offizieller Art zog Klaus dann wieder vondannen. Sein Auftrag war erfüllt. Jedenfalls fast, denn der Scheck für die „ausgetrocknete" Vereinskasse steckte immer noch in der Innentasche von Klaus's Jacke. Das bemerkte er aber erst, als er schon zu Hause eingetroffen war.

Nun musste er sich sputen. Wieder rein ins Auto und noch einmal zu dieser Ausstellung. Nach einer Entschuldigung und der Überreichung des Schecks an den Vereinsvorsitzenden verabschiedete Klaus sich ein zweites Mal und hatte praktisch schon die Türklinke in der Hand. Fast jedenfalls, wäre da nicht der kleine Dennis gewesen. Der stand nämlich urplötzlich vor Klaus und drückte ihm eine Flasche Wein in die Hand. Ein Geschenk.

Dennis war ein schlaues Bürschchen und hatte die zwei Euro gewinnbringend in der Tombola eingesetzt und auch prompt eine Flasche Wein gewonnen, eben die, die Klaus nun in der Hand hielt.

Irgendwann verabschiedeten die beiden sich voneinander und Klaus trat die Heimreise an. Trotz allerlei Ablenkung ging Klaus dieser „Vorfall" aber nicht aus dem Kopf. Es arbeitete so in ihm, dass er am nächsten Tag die Telefonnummer der Eltern von Dennis herausbekam, dort bei der Mutter anrief und sich nach Dennis' Weihnachtswünschen erkundigte. Klaus hatte ganz spontan beschlossen, dem Kleinen etwas zu schenken.

Doch nun kam eine Aussage der Mutter, die uns alle fasziniert hatte und so schnell nicht wieder loslassen sollte, denn Dennis hatte im Gegensatz zu seiner Schwester, die zwei Din-A-4 Seiten voller Wünsche hatte, nur einen einzigen Wunsch: er wollte dem Weihnachtsmann helfen!

Nun ist das mit dem „Weihnachtsmannhelfen" ja nicht so einfach, wie man sich denken kann, aber wie wär's denn mit dem Nikolaus? Die Idee jedenfalls kam Klaus, nachdem er nur kurz überlegt hatte. Und so kam ich ins Spiel, denn wie in jedem Jahr fuhr ich auch nun wieder am Abend des 6. Dezember als Nikolaus verkleidet mit der Kutsche durch Bad Zwischenahn zum Weihnachtsmarkt, um die Kinder zu beschenken.

Mit Dennis´ Mutter hatte Klaus abgemacht, dass ich Dennis vor dem Schinkeneck am Eingang des Kurparks „aufnehmen" sollte. Doch von einer „Verkleidung" wurde nie gesprochen.

Umso verwunderter rieben wir uns die Augen, als mein „Knecht Rupprecht" Hella und ich dem vereinbarten Treffpunkt näher kamen. Dort stand ich selber im Kleinformat! Schon von weitem konnte man Dennis erkennen. Ein knapper Meter Weihnachtsmann. Roter Mantel, rote Zipfelmütze, weiße Handschuhe, ein angeklebter weißer Bart und einen Sack auf dem Rücken.

Ich bat Hella, doch schon direkt am Kurpark – Eingang zu halten, so circa 15 Meter vor Dennis, der dort wie ein Zinnsoldat auf mich wartete. Ich stieg auf der ihm abgewandten Seite aus der Kutsche, ging um diese herum, stellt mich mit dem Rücken zu ihm in Richtung Kurpark und rief ganz laut.

„Verdammt! Schon wieder muss ich alles allein machen! Wieder ist keiner da, der mir helfen kann!"

Und dann ertönte hinter mir dieses piepsige, zarte Stimmchen.

„Doch Nokolaus, ich!"

Ich tat so, als hätte ich dieses nicht gehört und rief nochmals ganz laut in den dunklen Kurpark hinein.

„Wer könnte mir denn bloß helfen?"

„ Ich, Nikolaus, hallo, hier!"

Nun erst drehte ich mich in meiner schweren Nikolaus-Montour um und stand vor Dennis, meinem kleinen Abbild. Ich tat überrascht, klatschte in die Hände und sah in diese kleinen, leuchtenden Augen.

„Hallo Dennis", sagte ich völlig unbedarft, denn der Nikolaus kennt ja alle Kinder, nahm in bei der Hand und betrachtete ihn. Ich war fasziniert von diesem kleinen Burschen.

„Und du willst mir helfen?" richtete ich die Frage an ihn. Ganz heftig nickte er.

„Na, denn komm doch mit mir mit. Ich muss nämlich die Kinder beschenken. Hast du Lust, mir dabei zu helfen?"

Er hatte!

Wir fuhren mit der Kutsche durch den Ort und die am Straßenrand stehenden Kinder mit ihren Eltern staunten über meinen Helfer. Auf dem Weihnachtsmarkt angekommen, war der Jubel groß. Dort auf und vor der Bühne standen die vielen hundert Kinder und

Erwachsenen und waren begeistert. So etwas hatte man hier noch nicht erlebt.

„Nikoläus-chen" Dennis neben Organisator Klaus und dem „richtigen" Nikolaus beim Geschenkeverteilen.

Seit dieser Zeit nun fährt Dennis jedes Jahr mit mir in der Kutsche durch den Ort. Nur etwas größer wird er von Jahr zu Jahr.

Dass man allerdings auch andere schöne Dinge als Nikolaus oder Weihnachtsmann erleben kann, zeigt die folgende Geschichte. Die erlebe ich mit meinen beiden ältesten Enkeln Erik und Amelie.

Besonders Erik ließ sich nie übertölpeln in Sachen Weihnachtsmann. Er war gerade eineinhalb Jahre alt, als ich das erste Mal in dem Haus unseres Sohnes und unserer Schwiegertochter Weihnachtsmann „spielte".

Das begann damit, dass ich in voller Verkleidung erst einmal draußen an dem beleuchteten Küchenfenster vorbeilief und klopfte.

„Opa" war sein Kommentar!

Auch in späteren Jahren, gleich, ob nun im Kindergarten oder zu Hause, nie war er davon abzubringen, dass der Weihnachtsmann Opa wäre. Nur ein Mal haben wir ihn „gelinkt" und seitdem ist er nicht mehr so überzeugt, dass unter diesem Kostüm sein Opa steckt.

Das war beim vergangenen Weihnachtsfest. Unser Junior hatte einen auch mir bekannten jungen Mann engagiert, der nun der Weihnachtsmann spielen sollte. Pünktlich um sechs sollte er an der Tür poltern und klopfen. Da ich aber wegen eines „Auftritts" am selben Abend auch mein Kostüm dabei hatte, ging ich um fünf vor Sechs nach draußen in mein Wohnmobil, zog rasch meinen roten Mantel an, streifte den Bart über und lief so einmal um das Haus und klopfte wie jedes Jahr auch nun wieder an das Küchenfenster, in dem nun noch die ganze Familie zusammen saß. Beide Kinder guckten erstaunt und nachdem Erik sich „erholt" hatte, kam wieder als Antwort: „Das war Opa!"

Nur zwei Minuten später betrat ich wieder das Haus, nachdem ich mit meiner Verkleidung entledigt hatte. Tat so, als sei ich ganz verängstigt.

„Stellt euch vor, ich habe draußen gerade den Weihnachtsmann gesehen. War der schon hier? Habe ich den verpasst?"

„Ha, ha, Opa, das warst du! Du warst der Weihnachtsmann!"

Das jedenfalls behauptete er steif und fest so lange, bis es plötzlich an der Tür polterte und der „richtige" Weihnachtsmann in der Tür stand!

Seine großen und verwunderten Augen sehe ich heute noch und bis jetzt hat er nie wieder behauptet: „Opa, der Weihnachtsmann bist du!"

Die falsche Braut.

Auch Klaus spielt Weihnachtsmann! Seit vielen Jahren schon. Und fast immer die gleichen „Anlaufstellen". Er hat ja auch die Zeit dazu, denn zu Hause wartet nur seine 96-jährige Mutter und der ist es egal, ob Weihnachten gefeiert wird oder nicht. Ansonsten ist Klaus geschieden und somit frei für etliche Dinge, die man als Verheirateter nicht machen kann.

Geschieden ist er übrigens schon seit vielen Jahren und,- ich glaube, es ist der größte Herzenswunsch seiner und im übrigen aller Mütter-, dass der Sohn im Alter gut versorgt ist. So auch bei Klaus. Das mit einer erneuten Heirat wird sich bei Klaus aber wohl nicht mehr bewahrheiten, denn auch er ist schon im fortgeschrittenen Alter, also jenseits von Gut und Böse.

So machte Klaus auch vor Jahren seine „Runde" von Familie zu Familie und spielte den Weihnachtsmann. Neu auf seinem Plan war in diesem Jahr die Veranstaltung im Dorfgemeinschaftshaus im Nachbarort. Dort feiern in jedem Jahr die sozial Schwachen unserer Gesellschaft. Aber auch die, die an Heiligabend niemanden mehr haben, kommen zu dieser Feier, unterstützt von Heidi und Horst von der Bad Zwischenahner „Suppenküche". Diese beiden gläubigen Menschen laden zu dieser Feier ein. Mit dabei sind auch viele Kinder, die hier auf den Weihnachtsmann warten.

Dieser „Besuch" von Klaus stand nun auf dem Programm. Er fuhr mit seinem Auto in eine Seitengasse, nahm sich den nächsten Sack mit den Geschenken aus dem Kofferraum und betrat schlanken Schrittes den Raum, in dem schon alle sehnsüchtig warteten.

„Ho! Ho! Ho!"

Alle Anwesenden aber staunten nicht schlecht, als der Mann im roten Mantel das erste Geschenk aus dem Sack förderte, den Namen Lukas vorlas, so stand es schließlich aus einem keinen Aufkleber, und niemand sich meldete. Auch Klaus staunte.

Naja, dachte er, eventuell ist dieser Lukas nun ja nicht hier. Das nächste Paket. Ein erneuter Griff in den Sack und:

„Lukas!"

Wieder hinein in den Sack mit dem Geschenk, denn Lukas, so hatte ja gerade eben erfahren, war nicht da.

Ein erneuter Versuch.

„Lukas!"

Schweißperlen auf Klaus´ens Stirn. Das konnte doch gar nicht sein. Nur Geschenke für Lukas? Lukas? Lukas? Wer war denn noch Lukas? Logisch! Lukas war sein Enkel!!!!

„Oh", holte Klaus tief Luft, um möglichst elegant auch diesem Schlamassel heraus zu kommen, „da haben sich die Engel beim Säckepacken wohl versehen. Da muss ich doch mal gucken, ob ich noch einen anderen Sack in meiner Kutsche habe!?"

Schon war Klaus mit falschem Sack wieder aus dem Raum verschwunden. Nach nur zehn Minuten waren dann die richtigen Geschenke im richtigen Raum an die richtigen Kinder verteilt!

Der Weihnachtsmann verabschiedete sich, wünschte noch eine geruhsame Feier und schon war er weg. Auf zu den nächsten Terminen. An diesem Abend versah sich der Weihnachtsmann nicht noch ein zweites Mal.

Kurz vor zu Hause geschah dann das Unglück. Eisregen hatte eingesetzt und die Straßen wurden spiegelglatt. Man hätte wohl auf den Fahrbahnen Schlittschuh laufen können. Klaus mit seinem PS-starken „Weihnachtsschlitten" gab einmal zuviel Gast und dann gings es ab, die Post. Sein Gefährt wollte nun partout nicht mehr dahin, wo er hin wollte. Der Wagen drehte sich. Erst einmal, dann noch mal und noch mal. Der Wagen machte einen Riesensatz über die Bordsteinkante und schon stand Klaus eingeparkt vor einem Einkaufsmarkt.

Nichts war passiert!

Dann irgendwann so etwa gegen zweiundzwanzig Uhr dreißig kam Klaus zu Hause an. Er stellte sein Auto ab und nahm seine Utensilien aus dem Kofferraum. Mit einem leichten „Klack" fiel die Klappe ins Schloß. Schon beim Einparken war Klaus eine ältere Frau aufgefallen, die genau gegenüber auf dem Gehsteig stand. Nun, als er dort mit seinen Utensilien in der Hand neben dem Fahrzeug stand und schon im Begriff war, ins Haus zu gehen, stand die Frau dort immer noch.

„Frohe Weihnacht!" rief Klaus über die Straße.

„Frohe Weihnacht!" tönte es zurück.

„Warten sie dort in der Kälte auf den Weihnachtsmann?" fragte Klaus neugierig.

„Nein, mein Sohn hat mich ausgeschlossen und nun öffnet er nicht. Ich kann nicht ins Haus!" Die Frau zitterte und bibberte vor Kälte und konnte kaum richtig reden.

Klaus überlegte gar nicht lange, denn seine Wohnung war ausreichend und eine Couch und Decken hatte er auch noch.

„Ja, dann kommen sie doch mit zu mir. Ich lade sie ein. Trinken wir erst mal einen Tee, damit sie sich aufwärmen können. Hier erfrieren sie ja. Dann werde ich sehen, wo ich sie unterbringe!"

Nach einer weiteren Stunde war für den späten Gast das Bett gemacht, im Obergeschoss war auch Klaus´ Mutter schon im Reich der Träume, als schließlich auch er sich zur Ruhe begab.

Am nächsten Morgen war sein erster Gang hoch zu seinem alten Mütterlein. Schließlich musste Klaus auch der ja eine frohe Weihnacht wünschen.

„Guten Morgen, Mutti!"

„Moin, mein Jung, frohe Weihnachten. Warst du denn noch lange auf Tour?"

Klaus erzählte, doch irgendwann schaute er auf die Uhr.

„Mutti, ich habe Frühstück fertig. Kommst du runter? Übrigens, ich habe Besuch. Eine Frau! Die hat heute Nacht hier geschlafen!"

„Oh, das ist aber schön." Klaus´ Mutter erstrahlte richtig bei diesen Worten und ihre Augen leuchteten. „Ich beeil´ mich und komme sofort nach unten!"

Sie hatte sich schon so viel Hoffnung gemacht. Diese Hoffnung aber platzte wie eine Seifenblase, nachdem die drei am Frühstückstisch zusammen saßen und Klaus alles aufklärte.

Heutzutage betet und wartet das Mütterlein immer noch, dass eines Tages die Richtige für ihren Klaus kommen möge.

Wohnmobil – Erlebnisse.

Betreue einen Wohnmobil – Platz und du lachst dich kaputt! Seit 1995, also seit dem Zeitpunkt unseres Umzugs von Ocholt nach Bad Zwischenahn, betreue ich den Wohnmobil- Stellplatz in Bad Zwischenahn am Badepark. Dass diese Betreuung manchmal Haken und Ösen hat, lässt sich denken, denn manche dieser Strategen kennen das Wort „Kollegen" nicht in ihrem Wortschatz.

Einige meiner Erlebnisse mit diesen so genannten Kollegen möchte ich hier berichten. Eigentlich könnte ich ein ganzes Buch darüber schreiben, möchte mich aber doch auf die gravierendsten Dinge konzentrieren.

Beginnen möchte ich mit zwei Erlebnissen auf einem beliebten Stellplatz in Nordhessen. Obwohl, ich persönlich kann diesem Stellplatz nur etwas abgewinnen, wenn die Sonne scheint. Ansonsten ist fast der gesamte Platz eine Schlammwüste. Doch davon ganz abgesehen, hatten wir einmal auf diesem Platz übernachtet. Am nächsten Morgen sitzen meine Frau und ich beim Frühstück und schauen aus dem Fenster.

Irgendwann in dieser Zeit läuft ein Kollege mit seiner Fäkal – Kassette über den Platz.

„Aha", denke ich, „der Kollege muss entsorgen! Pass´ mal auf, was nun passiert." sage ich noch zu meiner Frau, als eins, zwei, drei Kollegen fast gleichzeitig über den Platz marschieren, allesamt auch eine Kassette in der Hand tragend.

Auch sie wollten entsorgen, jedoch auf die günstigste Art und Weise, denn der Kollege vor ihnen würde ja bestimmt einen Euro in den Automaten stecken. Diesen Euro könnte man sich doch sparen!

***

Auf dem selben Platz hatte ich Ende 2001 ein weiteres Erlebnis, denn bis dato war dieser Platz kostenfrei und lebte nur von Spenden. Dazu war in einer angedeuteten Fachwerkwand ein Spendenkasten eingelassen, in dessen Schlitz ich gerade einen „Heiermann" versenkt hatte.

Das war mir dieser Platz wert, auch wenn der es manchmal wegen der eben beschriebenen Verhältnisse bei Regen nicht wert war. Ich bin aber gerade bei solchen Plätzen der Auffassung, dass eine Kommune, die uns Reisemobilisten Grund und Boden zur Verfügung stellt, doch einen gewissen „Ausgleich" haben sollte.

Als ich da nun noch so vor dieser Wand stehe, - es sind dort mehrere Plakate angeklebt-, und die Angebote studiere, hält neben mir ein Pkw. Ein Mann steigt aus, grüßt und geht schnurstracks auf den Spendenkasten los und schließt ihn auf.

Im Augenwinkel bemerke ich, dass er einen Zettel in der Hand hält und diesen intensiv studiert. Ich schaue rüber und lasse die Bemerkung: „Der Heiermann ist von mir!" fallen.

„Ja", antwortet er, „das ist schön, aber lesen sie mal das hier!"

Dort standen auf dem Zettel folgende Worte neben einem aufgeklebten Pfennig: „Wer den Pfennig nicht ehrt, ist des Talers nicht wert!"

Wir schüttelten beide den Kopf über soviel Frechheit.

***

Ein paar „Flaggschiffe" auf meinem Platz am Badepark

Zum nächsten Thema. Diesmal das Thema Dummheit. Fährt man diesen Stellplatz aus Richtung Süden an, so muss man zwischen einer Tankstelle und einem Autohaus durch. Beide befinden sich kurz vor der Abbiegung zum Stellplatz hin, ca. 20 – 25 Meter sind es nur. Leider ist es dort so, dass das Hinweisschild für den Stellplatz direkt zum Eingang des Autohauses zeigt. (Hinweis nach rechts abbiegen). Da hatte doch ein Kollege, der wohl zum ersten Male diesen Ort ansteuerte, gemeint, das wäre der Stellplatz für Wohnmobile und hatte sich direkt vor den Haupteingang des Autohauses gestellt!

So geht´s auch!

***

1995, ich hoffe, ich irre nicht, waren wir zur Einweihung des Wohnmobil- Platzes in Edenkoben in der Pfalz. Alles stand schon aufgereiht und dicht gedrängt auf dem Platz, als der Vorsitzende eines großen deutschen Reisemobil-Clubs mit seinem Mobil den Platz ansteuerte, sich vor uns in den Rinnstein stellte, seinen Ablasshahn aufriss und das Abwasser laufen ließ.

Wir alle waren baff vor soviel Dreistigkeit, denn nur 30 Meter weiter war die Entsorgungsstation!

***

Auch auf „meinem" Platz habe ich so manches erlebt. Es war zu der Zeit, als ich meine Statistik erarbeitete. Mit dieser Statistik wollte ich klarstellen, wie viel Geld pro Mobil in einem Ort bleibt. Es sind (hier in Bad Zwischenahn) pro Mobil und Tag 75,46 Euro! Das aber nur so nebenbei.

Damit ich Zahlen an die Hand bekam, erhielt jeder Kollege einen von mir ausgefertigten Fragebogen. Dort konnte der Kollege auf der Vorderseite seinen Namen und Adresse ausfüllen. Außerdem stand dort noch die Frage: Was kann auf diesem Platz besser gemacht werden?

Auf der Rückseite des Fragebogens konnte der Kollege eintragen, wo er was für wie viel Geld gekauft hatte und das alles nur mit Beleg. Somit hatte ich dann genaueste Zahlen.

Eines Abends lernte ich auf meinem obligatorischen Gang über den Platz einen Dortmunder Kollegen mit einem Clou – Liner kennen. Ein richtiges Flaggschiff, so knappe 9 Meter lang. Besitzer: ein älteres Ehepaar. Fabrikantenehepaar im Ruhestand aus Dortmund!

Er prahlte schon am ersten Abend, dass es hier in Bad Zwischenahn doch so schön sei. Ein tolles Fleckchen Erde. Man hätte schon eine erste Radtour um den See gemacht und es wäre einfach fantastisch. Und auch noch alles kostenlos auf dem Platz. Boah!

Ich wies ihn auf meinen Spendenkasten hin und sagte ihm noch, wenn es ihnen gefallen würde, sollten sie vor der Abfahrt einen Obolus hineinstecken.

„Das werden wir uns Schluss was merken lassen!" war noch sein Kommentar.

Fünfeinhalb Tage standen sie auf meinem Platz. Die Prahlerei und das Himmelhochjauchzen hielten während dieser Tage an. Dann am sechsten Tage fuhren die Beiden. Ich sah die beiden noch mit ihrem Mobil und winkte.

„Na", dachte ich, „fünfeinhalb Tage? Dann haben sie sicherlich einen Obolus in den Kasten gesteckt!"

Ich nahm mein Schlüsselbund, schloss den Kasten auf und.....!? Woooow! Her mit dem Handy und den Werttransport aus Oldenburg auf den Platz beordert. Wie sollte ich sonst denn soviel Geld nach Hause bekommen und außerdem, wer sicherte mich nun vor Überfällen? Es ging nur so. Es waren nämlich ganze 61 Cent in Ein- und Zwei- Cent- Stücke. Da muss es den beiden wohl wirklich gut gefallen haben!

Dann las ich den Fragebogen, den er ausgefüllt hatte. Anfangs dachte ich, ich falle um. Er hatte auf die Frage: „was kann hier besser gemacht werden?" geschrieben: Schön wäre es, wenn auf diesem Platz eine Müllentsorgung wäre! Na ja, soll ich euch sagen, wo er stand?

FÜNFEINHALB Tage stand er direkt neben der Müllentsorgung!

***

Ein noch krasseres Beispiel erlebte ich 2005 auf meinem Platz. Ein Kollege mit einem FLAIR (zur Anm.: kein Billigauto!) mit einem Kennzeichen EL - ..... stand viereinhalb Tage auf dem Platz. Beide Insassen hatten es sich die Tage so richtig gut gehen lassen und am letzten Tag fragte mich der Besitzer noch:

„Das dort hinten an der Wand, ist das dein Spendenkasten?"

Ich bejahte die Frage, worauf erwiderte, dort denn bei der Abfahrt etwas hinein zu stecken.

Am Nachmittag stand ich mit einem „Neuling" an der Info – Tafel und hing gerade einen neuen Müll – Sack auf.

„Naja", sagte ich, um ein Gespräch zu beginnen, „meinen Müllsack findet jeder, jedoch den Spendenkasten findet niemand!"

„Na", sagte der Kollege entrüstet, „da schmeisst doch wohl jeder seinen Obolus rein, oder?"

„Klar", erwiderte ich, „in Massen! Richtig toll ist das, was dort hieneingeworfen wird. Wir können ja mal reingucken!"

Damit hatte ich schon den Schlüssel in der Hand, öffnete den Kasten und wäre fast tot umgefallen. Ganze sechs Cent, ein Fünf-Cent Stück und ein einzelner Cent lagen in dem Kasten.

Ich habe diesem Kollegen auf meiner Homepage geschworen, dass er sich in seinem Leben, selbst wenn er sich ein neues Mobil anschaffen sollte, in Zwischenahn keine ruhige Nacht mehr haben würde, denn so etwas empfinde ich eine absolute Frechheit!

***

Der Wohnmobil – Stellplatz ist nun mit den Jahren zu einem Top – Platz ausgestattet worden. So nach und nach kam immer etwas an Ausstattung dazu. Frischwasser, Abwasser, Fäkalentsorgung, Strom, Müllentsorgung usw., usw..

Was es aber schon immer gab, war die Möglichkeit des Duschens während der Saison im Freibad. Dieses Duschen kostete zu der Zeit, als die Geschichte passierte, fünfzig Pfennig pro Person! Nur gibt es bei der Sache ein kleines Problem und das ist die nicht besetzte Kasse während der frühen Morgenstunde im Bad. Für alle unwissenden Bürger und Kollegen steht dort aber dann ein großes Schild mit dem Hinweis, dass man sich bitte vor dem Duschen beim Bademeister melden möge.

Das zur Vorgeschichte.

Vor Jahren kamen drei Kollegen mit Ihren Fahrzeugen auf meinen Platz. Zwei Dortmunder und ein Kollege aus Recklinghausen, die zusammen auf Tour waren. Davon fuhr der eine Dortmunder einen RMB, ein bis heute preislich recht hoch angesiedeltes mobiles Fahrzeug.

„Mein Wagen hier kostet 275,- DM Grundpreis. Alles andere, was hier steht, ist Scheiße!"

Genau das waren seine Worte. Ich hab mir meinen Teil gedacht und nach meinem Empfinden war das ein sogenannter „Hosenschei-ßer". Nur habe ich ihm das nicht gesagt, denn bei mir sind alle gleich,

ob sie nun mit einem fahrenden Pappkarton oder mit einem Clou –
Liner auf den Platz kommen. Keiner und niemand wird bevorzugt!!!

Nun hatte ich auch den drei Besatzungen das Angebot mit dem
Duschen unterbreitet. Alle sechs Personen waren begeistert und nahmen es am nächsten Morgen gleich wahr. Nur leider hatten sie dieses
große Schild am Einlass nicht gesehen (oder sie waren nicht des Lesens
mächtig!).

Doch noch während des Duschens musste der Schwimmmeister
in sein Büro und dabei muss er die Duschen durchqueren. Als er die
männlichen Personen dort sah, stellte er denen die Frage, ob es denn
nicht besser gewesen wäre, dass sie vor dem Duschen bei ihm bezahlt
hätten. Mit viel Stammeln einigte man sich so, dass nachher beim
Rausgehen bezahlt werden könne. Das Büro des Schwimmmeisters
befindet sich unmittelbar am Ausgang.

Als dann schließlich alle Sechs bei ihm vorsprachen und
bezahlten, schaute er zufälligerweise auf den Leinenbeutel der einen
Frau, eben die mit dem 275 ,- DM – RMB. Schon von außen konnte
man erkennen, was sich in dem Beutel befand.

Der Schwimmmeister stellte die Frage, ob er denn dort einmal
in den Beutel schauen dürfe und notfalls hätte er sogar die Polizei
herbeordert.

Hervorgezaubert wurden aus diesem Beutel zwei Rollen
Toilettenpapier und der Seifenspender aus der Damentoilette! Nun ja,
man muss das verstehen. Sonst kommt man nicht zu einem solchen
Auto!

Übrigens, nach einer Anzeige und einem Platzverweis durften
die drei Mobile unverzüglich den Platz verlassen!

***

Dass es auch anders geht, zeigt das nächste Beispiel. Einem
mobilen Kollegen war in der Nacht die komplette Gasversorgung
zusammengebrochen, so dass er am Morgen nicht einmal warmes
Wasser zum Waschen hatte. Also nahm er sich eine kleine Kanne und
marschierte zum Bad, das nun schon geöffnet hatte. Am Eingang lief
dem Kollegen der Schwimmmeister über den Weg. Den fragte er, ob er

wohl etwas warmes Wasser bekommen könne und erzählte von seinem Malheur.

Nun griff der Schwimmmeister unvermittelt in seine Jackentasche, drückte dem Kollegen ein Schlüsselbund in die Hand und zeigte ihm die Küche. Hier solle er sich seinen Kaffee kochen, wenn er wolle.

Der Kollege wollte! Und nicht nur das. Er kochte Kaffee für die komplette Mannschaft des Bades gleich mit! Mit einem großen Dankeschön veranschiedete sich der Kollege.

***

Ab und zu unternehmen wir auch Fahrten mit unserem Mobil. Einmal waren wir im Bayrischen Wald unterwegs. Hatte gerade ein neues Buch herausgebracht, bei dem die Handlung dort spielt. So fuhr ich nun durch halb Bayern und veranstaltete Lesungen. Jeden Abend an einem anderen Ort.

Am Schluss dieser Tour besuchten wir Freunde in Bad Birnbach im Rottal, die uns schon am selben Abend zum Essen in ein rustikales Restaurant einluden. Frühzeitig machten wir uns auf den Weg, um noch einen guten Platz zu ergattern. An einem langen Tisch, an dem bereits ein Ehepaar saß, nahmen wir Platz.

Wir grüßten und merkten schon beim ersten Erwidern dieses Grußes, dass es sächsische Landsleute waren. Sie hatten ihre Bestellung schon aufgegeben, die auch bald darauf „geliefert" wurde. Eine bayrische Brotzeit. Ein Brett voll mit leckeren Sachen und eine solche Menge, dass wir dachten, es käme noch eine Kompanie Soldaten.

Die Beiden speisten, wir wünschten einen guten Appetit und bekamen auch kurz darauf unser Essen. Als dann die Bedienung an unserem Tisch vorbeikam, rief der Mann diese und erbat eine Tüte, damit man den Rest mitnehmen könne, schließlich habe man das doch auch alles bezahlt! Die Bedienung brachte die Tüte und ein Wahnsinns - Rest dieser Brotzeit wurde fein säuberlich darin verstaut.

Doch dann ging es ans Bezahlen. Und dann beschwerten sich die Beiden, dass sie doch enttäuscht wären. Es wäre wohl doch etwas wenig gewesen, ein wenig mehr hätte es doch sein können!

Also, ich wäre fast tot vom Stuhl gerutscht bei so viel Frechheit!

Gedanken.

Mit viel Mühe, dem Anstrengen der Gedanken, dem richtigen Überlegen und sehr, sehr viel Zeit entsteht durch die Hände eines schriftstellerischen Menschen ein Heft, ein Buch oder auch nur ein beschriebenes Blatt Papier. Somit versucht dieser einzelne Mensch, seine Gedanken zu verewigen, was manchmal mehr oder minder gut gelingt.

Wenn dann nach noch mehr Zeit und Mühe endlich ein Verleger gefunden wurde, der dieses Machwerk der Öffentlichkeit näher bringt, ist ein großer Schritt in Sachen Ewigkeit getan.

Es gibt aber viele Autoren, die ihre geschriebenen Werke gar nicht mal der großen Öffentlichkeit preisgeben wollen und viel lieber im kleinen Kreis den interessierten Zuhörern ihre Werke präsentieren. Auch diese Form des Erzählens führt zu einer Verewigung.

Mein Ansinnen mit diesen schon fast unzähligen Lesungen ist nun der, den einzelnen Menschen wieder ein wenig zum Lesen zu bringen. Weg von den großen Medien, weg von der Flimmerkiste und hin zu einem guten und interessanten Buch. Nur einmal abschalten und sich die Geschichten der verschiedenen und unzähligen Autoren zu Gemüte führen.

So geht es mir auch nicht um meine eigenen Bücher und meiner zu Papier gebrachten Werke, nein auch die Verbreitung der Werke anderer Autoren sind mir wichtig.

Mir geht es um das Lesen, weil wir nur mit und durch das Lesen lernen können und ich auch weiterhin felsenfest der Meinung bin, dass wir heutzutage schon genügend Spielroboter besitzen. Andererseits habe ich noch nie gehört, dass man mit diesen wahnsinnig tollen Dingern für das Leben lernen kann, vom Lesen eines guten Buches aber kann man das wohl zu Recht behaupten.

Ich hoffe insgeheim, dass ihr nun, nachdem ihr dieses Buch gelesen habt, so ein ganz klein wenig über die hier aufgeführten Geschichten lachen oder schmunzeln könnt. Euch so weit zu bringen, war nämlich der Zweck und mein Anliegen.

Und wenn ihr es wollt und noch mehr Lust auf noch mehr Geschichten habt, dann schreibe ich weitere von meinen „Lebensgeschichten" und bringe diese zu Papier.

Sollten euch diese Geschichten gefallen haben, dann sagt es mir, wenn nicht, dann sagt es mir auch. Ich bin euch bestimmt nicht böse darum. Denkt dran: Humor ist, wenn man trotzdem lacht und diesen lasst euch nicht nehmen.

Bis dann also und bleibt das, was ich immer versucht habe, zu werden........anständig!

Bisher erscheinen:

„Friedebert oder Die Erlebnisse eines Hasen"

ISBN 3-8959-88496-5 Isensee – Verlag, geschrieben linksseitig in plattdeutsch und rechtsseitig in hochdeutsch! 100 Seiten   **7,60 €**

„Faustdick und weitere abstehende Ohren"

ISBN 3-8311-0192-2 (Books on Demand,   (BoD) Eigenverlag, 70 Seiten Klamauk um Opa Hermann geschrieben in hochdeutsch   **7,10 €**

„Oh, watt´n Gedicht"

ISBN 3-8311-0461-1 (BoD) Eigenverlag, 123 Seiten wunderschöne Gedichte, auch zum Vorlesen!   **8,80 €**

„Datt Schlitzohr"

ISBN 3-8311-2033-1 (BoD) Eigenverlag, Die plattdeutsche Ausgabe von „Faustdick und weitere abstehende Ohren" 114 **Seiten**   **8,80 €**

„Piefkes Rache"

ISBN 3-8311-3308-5 (BoD) Eigenverlag,
120 Seiten Witze und Sketche   **8,80 €**

„Weg ohne Gnade"

ISBN 3-00-011446-7 Oetjen-Verlag
Ein authentischer Tatsachenroman aus der Feder von Rudy Kleinfeld. Kleinfeld beschreibt darin seine Fluchtgeschichte aus einem amerikanischen Kriegsgefangenenlager in Cham (Bayr.Wald). 220 Seiten   **16,80 €**